魔術師クノンは
見えている4
Kunon
e Sorcerer
can s
「私の力が必要だと判断したら、
遠慮なく声を掛けてください」
――ルルォメット・ゲインズ

「行くぞクノン！」
観客席の想いはどうあれ。
そろそろ決着が着く。
それはクノンもジオエリオンも
思っていたことだ。
ジオエリオン・フ・ルヴァン・アーシオン

「――よし、気合い入れよう」
クノン・グリオン

「私の雷からは逃げられないと
いつになったら学ぶんだ」
シロト・ロクソン

Kunon the Sorcerer
can see through

魔術師クノンは見えている

Umikaze Minamino

南野海風

illust. Laruha

4

口絵・本文イラスト
Laruha

装丁
coil

contents

Kunon the Sorcerer can see through

character

登場人物紹介

～魔術都市ディラシック～

クノン・グリオン
盲目の天才魔術師。独特の紳士観を持つ。

リンコ・ラウンド
姉・イコの遺伝子を受け継ぐクノンの侍女。

レイエス・セントランス
感情の欠落した聖女。植物への愛は人一倍。

特級クラス：「実力の派閥」

ベイル・カークントン
派閥代表。面倒見のいい兄貴肌。

ジュネーブィズ
珍しい魔属性持ち。笑い方が特徴的。

エリア・ヘッソン
ベイルに片思い中の美少女。

特級クラス：「調和の派閥」

シロト・ロクソン
派閥代表。「雷光」の異名を持つ才女。

エルヴァ・ダーグルライト
美女。魔術の実験が始まるまでは……。

ハンク・ビート
クノンの同期。ベーコンづくりの修行中。

特級クラス：「合理の派閥」

ルルォメット・ゲインズ
派閥代表。希少な闇魔術師で、思慮深い。

カシス・ホーク
心は乙女。自分の美貌に絶対の自信。

リーヤ・ホース
クノンの同期。田舎出身で都会が怖い。

二級クラス

ジオエリオン
アーシオン帝国第二皇子。「狂炎王子」。

魔術学校教師

グレイ・ルーヴァ
世界一偉大な不老不死の魔女。

サトリ・グルッケ
高名な水魔術師で、クノンの憧れの存在。

サーフ・クリケット
風魔術師。ゼオンリーとはほぼ同期。

ジェニエ・コース
クノンの最初の師匠。現在は準教師。

～ヒューグリア王国～

ミリカ・ヒューグリア
第九王女。クノンの婚約者。

ロンディモンド総監
王宮魔術師たちを束ねる実力者。

ゼオンリー・フィンロール
クノンの第二の師匠。土属性の魔技師。

プロローグ

片付いてはいるものの、機材や素材、触媒などの数が多い。

それだけに乱雑な印象がある。

まあ、それでも。

サトリ・グルッケの研究室は、かなり綺麗《きれい》な方である。

研究主体でやっている教師の研究室は、片付いている方が珍しいくらいなのだから。何なら床が見えないくらい散らかっている部屋もあるのだから。

そんなサトリの研究室には、三人の人物がいた。

テーブルに着いてのんびり紅茶を楽しんでいる。

息抜きのお茶に、茶菓子に、気になっていた話の詳細。

――今日のティータイムは豪華だな、とサトリは思っている。

「へえ？　面白い方向に転がったねぇ」

自分の弟子から少しだけ話は聞いていたが。

詳細を聞くと、より面白い。

現場にいるだけに、対人関係までばっちりである。

「面白いですよ、今の二級クラス」

笑いながらそう答えたのは、教師サーフ・クリケットである。

少し前に、サーフはサトリに相談をしに来た。

曰《いわ》く、二級クラスが面倒なことになっている、と。

今日は、その経過報告をしに来たのである。

あれからどうなったか。

聞けば聞くほど面白い。これには少々ひねくれた年寄りであるサトリもニヤニヤしっぱなしだ。

本当に、面白くて仕方ない。

「目が合えば勝負を挑まれる、今まで目立たなかった生徒が頭角を現す、逆にこれまで目立っていた生徒が蹴落《けお》とされる。

上級生も下級生も、家格も身分も星の数も関係なく、ただただ実力だけが問われる状況、か。

——反乱は成った、ってところだね」

言葉にすれば、ものすごく殺伐としている。

「大丈夫なんですか、それ……」

同席するサトリの弟子ジェニエ・コースは、控えめに言った。

三級クラスを担当する準教師として、二級クラスのことも多少は耳に入っているが。

実際は、想像よりも荒れていた。

自分が在学していた頃では考えられない荒れ具合だ。

……もし、優秀ではなかった自分が現在の二級クラスにいたらと思うと。

恐ろしすぎて仕方ない。

「生温《なまぬる》いこと言うんじゃないよ。対抗心だって魔術の成長や発展に欠かせない大事な気持ちなんだ。まったく我が弟子ながら気が弱い」

――師匠の気が強いんだからちょうどいいだろ、とジェニエは思った。

師も弟子も気が強いでは、ケンカばかりになるだろう、と。

これでバランスがいいのだ。

面と向かっては絶対に言えないけど。

「今が平和すぎるんだ。あたしが若い頃は、好戦的な連中も多かったよ」

サトリの脳裏に、あの頃の懐かしい顔ぶれが過《よぎ》る。

昨今は穏やかな校風となっていた。

しかし、サトリが若い頃の魔術学校は、これくらい殺伐とした生徒が多かったのである。

庶民から成り上がろうと必死な者。

ここぞとばかりに権力者を、あるいは気に入らない奴《やつ》を痛めつけることに躍起になる者。

卑しい下々ごときに負けてなるかと奮起する者。

そんな、向かってくる身の程知らずどもを、返り討ちにしまくった己。

――そして、そんな自分でもついに勝てなかった相手。

何十年も前の思い出は、ひどく懐かしい。

最近で言えば、記憶に新しいのはあのゼオンリー・フィンロールだろう。

あれはやることなすこと問題ばかりだったが、戦っても強かった。

そして、誰もが認めるような実績も積み上げていった。

……まあ、最近と言っても、もう十年くらい前のことだが。

「以前の魔術学校もこんな感じだったんですか?」

サーフの問いに、サトリは苦笑した。

「いや、さすがに今の方が荒れてるね。あたしが過ごした学生時代は、あくまでも暴れていたのは一部の生徒だけだから。

完全番号制、なんてものはなかったよ」

なんでも、生徒全員に序列を付けようとする流れができているとか。

強い者から順に、番号が振られるのだ。

一番が一番強い、二番が二番目に強い、と。

なかなか頭のおかしなことをやり始めたものだ。強い弱いを問わない優秀な魔術師だってたくさんいるのに。

——実に面白い、とサトリは思う。

「まあ、魔術師は戦うばかりが能じゃないと思いますが、戦うことでしか得られない経験ってありますからね。現にそういう試験もやってますし。

すべて正しいとは言わないけど、まるで間違ってるとは私も思いません」

同じく、報告を持ってきたサーフも、今の二級クラスは面白いと思っている。

二級クラスは今、尖《とが》りに尖っている。

力こそ正義、実力主義こそ魔術学校のあるべき姿。そんな思想で満ちている。

——尖りすぎだとは思うが、思想としては間違ってはいない。

ここは魔術を学ぶ学校だ。

権力も利害も関係ない、実力を磨く学《まな》び舎《や》だ。

そう考えれば、断じて間違った姿ではない。

「クノン君……」

——あの子がとんでもないことをしてしまった、とジェニエは頭を抱えた。

いろんな要素があった。

こんなことになると、誰も予想していなかった。

本人さえそんな気はなかったはずだ。

しかし。

この状況になる一石を投じたのは、紛れもなく、クノンである。

彼が波紋を立てた問題が、巡り巡って、大きくなって。

ついには大波になった、ということだ。

「まあまあ、ジェニエ君。そんなに気にしなくて大丈夫だよ」

サーフは言った。

ジェニエにとっては、クノンは弟子である。

実力を考えると大っぴらには言えないが……クノンがそう主張する限り、この関係は崩れない。

そんなジェニエの事情を聞いているサーフは、彼女が気にする理由はよくわかる。

「こういうのは火事みたいなものだ。燃え上がっている頃は強いが、いずれ下火になる。激しければ激しいほど、早めに鎮火するものさ。

きっと長くて二、三ヵ月くらいだ。仮に残ったとしても、今ほど激しくはないだろう」

――そうであればいいが。

ジェニエはそう思わずにはいられない。

「それで？　サーフ先生、今は誰が序列一番なんだい？」

弟子の気も知らず、師はとても楽しそうだ。

他人事《ひとごと》だと思って。

「属性ごとの相性もあるので、頻繁に順位変動していますが……でも一番は不動ですね。

あの狂炎王子ですよ。サトリ先生も知っているでしょう？」

「帝国の皇子だね」

「ええ。彼の実力は頭一つ抜けています。特に魔力の制御と操作は舌を巻くほどです。私より上手《うま》いんじゃないかな」

「ほう？　そりゃ気になるねぇ」

「でしょう？　噂《うわさ》では、あのグレイ・ルーヴァも狂炎王子の勝負は見たいと漏らしたとか漏らしてないとか」

「あの方が興味を持ったのかい？　そりゃすごい」

「皇子にしておくには勿体《もったい》ないですね。このまま学び続ければ『紅《あか》の魔術師』だって夢じゃないかもしれないのに」

――頭を抱える準教師をよそに、正式採用の教師たちの会話は弾む。

第一話　焦がれた逢瀬《おうせ》

「――ジオ様。明日からどうする？」

教室で帰り支度をしていたジオエリオンの下へ、護衛のガスイース・ガダンサースがやってきた。

彼は土属性なので教室が違うのだ。

魔術学校の二学期が終了した。これから約三週間の長期休暇となる。

いや、教師の号令が終わった今、休暇は始まったも同然である。

友人でもあり護衛でもあり同居人でもある通称ガースは、すでにジオエリオンの予定を知っているのだが。

何の愚問だと思うと同時に、ジオエリオンはその意図を理解した。

「今度の休みは帝国に帰らなくていいからな。ディラシックに残ってのんびり自習でもするさ」

やや説明的になってしまったが。

この質問の答えを欲していたのは、周囲の者たち――二年生火のクラスの生徒たちだ。

なぜだかジオエリオンは、二級クラス全体の代表のように扱われている。だから彼の動向だけは知っておきたい、という者が多いらしいのだ。

もちろん権力関係のこともある。

どれだけ魔術学校では家や権力は関係ないと言っても、身分がある者が多いだけに、どうしても割り切れないのだろう。

別に周囲に気を遣っているわけでもない。

しかし、多少予定を漏らすだけで周囲もそれに合わせて動く。

そういう状況なので、お互い過ごしやすくなるよう、このくらいは必要な情報の漏洩《ろうえい》である。

「そうか。では私ものんびり過ごせそうだ」

質問の意図がちゃんと伝わったことにガースは頷《うなず》く。

「――不肖イルヒ！　最近巷《ちまた》で噂のオレンジレッツィなる甘味を食べに行きたいであります！」

うるさい方の護衛も近づいて来た。

イルヒ・ボーライルは火属性なので、ジオエリオンと同じ教室である。

「なんだか知らんが料理人に作ってもらえ」

と、ジオエリオンは席を立った。

――ここ数日、ジオエリオンは非常に楽しく過ごすことができた。

反乱だ期末試験だと、退屈している暇もなかった。

試験は無事終わったが、最近二級クラスで起こっている反乱――一年生水のクラスが中心となって行われているそれは、今も継続している。

その結果、二級クラスは全体的に荒れている。

特に、反乱の原因である帝国出身者が多く挑まれているとか。時に返り討ちにしたり、時に敗北したりしているそうだ。

帝国の皇子であるジオエリオンも、何度も挑まれた。

そしてすべて返り討ちにした。

それでこそだ、と思いながら挑戦者をねじ伏せてきた。

ここは魔術学校。

反乱も下剋上《げこくじょう》も、魔術であれば容認されるべきだと彼は思っていた。

恐らくは学校側も同じか、類似した意見を持っているのだろう。

だから教師は止めない。むしろマッチメイクの協力さえしてくれる。

しかし面白い。

実際戦ってみると、相手の実力がよくわかる。

普段目立っていないだけで、実は隠れた実力者もたくさんいるのだ。

特に一年生水のクラスに所属する、アーセルヴィガの王子と帝国のローディア公爵令嬢。あの二人の実力はかなりのものだった。

一度敗れてなお、何度も挑んでくるアーセルヴィガの王子の根性も気に入った。

――だが、本音を言うなら。

現在のジオエリオンの頭の中は、眼帯の少年のことばかりである。

彼とは「焦がれて待とう」と再会の約束をした。

戦う約束をしたのだ。

あれからまだそんなに経《た》っていない。

自分で言ったくせに、随分焦がれているな、と苦笑するほどその通りの心境である。

「イルヒ」

歩きながら、少し後ろを付いてくる護衛の名を呼ぶ。

「どうやら俺はもう待ちきれないようだ」

長期休暇に入ったのだ、ある程度の時間は取れる。

試験も終わったし、祖国に帰る予定もない。

もう、我慢する理由はない。

「ようやく想《おも》い人と再会する気に？」

——近頃のイルヒは、ジオエリオンの様子を見ていて「あ、今クノン殿のこと考えてるな」とわかる時が多々あった。

まるで恋煩いの少年のようだ、と思ったものだ。

言ったら余計気にしそうだったから言わなかったが。

「想い人か。あながち間違いとも言えないかもな」

我ながら珍しい、とジオエリオンは思う。

人にも物にもあまり執着するタイプではないと自覚していたが。

あの少年のことは出会った時から……いや、出会う前から、強く意識している。

「そろそろクノン殿とやりますか？」

「ああ。日程はクノンに任せる。他の段取りは君が決めてくれ」

「承知致しました！　ガース、ジオ様のこと頼みます！」

帰途に着くジオエリオンらとその場で別れ、イルヒは反対方向へ歩き出した。

方々を回り段取りを付けて。

イルヒは最後に、第十一校舎にあるクノンの研究室にやってきた。

「――失礼します！」

ノックの返答を貰《もら》い、イルヒはドアを開けた。

「お久しぶりです、イルヒ先輩」

いた。

ジオエリオンの想い人が、散らかった教室にいた。

テーブルで書き物をしていたようだ。

「……少し片付けた方がいいでありますよ」

自分も挨拶《あいさつ》しようとしたが、その前に。

部屋の散らかり具合の方が気になってしまった。

雑で大雑把と思われがちだが、イルヒは割ときっちりしている。なので、部屋の惨状に引いていた。

積み上げていた書類が崩れて、そのままになっているとか。

踏まれて足跡が付いた書類とか。

もう、考えられない。

何この部屋。

「よく言われます」

よく言われているのか、とイルヒは呆《あき》れた。

言われても片付けないんだろうな、と思って、より呆れた。
「あー……お忙しそうなので本題だけ。
ジオ様が、いつがいいかと言っております」
足の踏み場がないので中に入らず。
イルヒはもう用事だけ済ませて帰ることにした。
「僕はいつでも。あ、早い方がいいです」
クノンは即答した。
「何が」とも「あの約束のことか」とも聞かず。
即答できる辺り、どうやら向こうも想い焦がれていたようだ。
「では明日の午前中、学校で。食堂辺りで待ち合わせしましょう」
「わかりました」
クノンの研究室を後にし、イルヒはここまで来たルートをもう一度なぞる。
本人の了承が得られたなら準備を進められる。具体的に予定を詰めていくのだ。
少々大変だが、苦はない。
イルヒも火属性のはしくれ。
ジオエリオンとクノンの勝負は、彼女も楽しみだった。

翌日。

「……なんか割と大事になってません？」

「……そうだな」

クノンに返事をするジオエリオンは、あらぬ方に非難の目を向ける。

その先には、うるさい護衛がいた。

「いや違う！　違うであります！」

今日の準備を任されたイルヒは、自分は無実だと訴えた。

「自分は教師二人と聖女様にしか声を掛けてないであります！」

学校施設の使用許可を得つつ、危険な時は止めてくれるよう教師二人を。

そして、怪我《けが》をした時に備えての回復要員として聖女を。

その他に各種申請などは行ったが、呼んでおいたのはその三人だけだ。

イルヒは、あくまでも内々の魔術戦として事を進めてきた。決して喧伝《けんでん》なんてしなかった。

無駄に護衛対象をさらし者にする護衛なんていない。大事にするわけがない。

ならば、この状況はなんだというのか。

――明日の午前中、食堂で。

約束通り、朝には遅いが昼には早いという時間に合流したクノンとジオエリオンたち。

そして挨拶もそこそこに、使用許可をもらった第十校舎実験室に移動した。

また白い部屋かと思えば、そこはどこぞの闘技場のようだった。

すり鉢状になったリングに観客席まであり、決して建物の一室に納まる規模ではない。何せ校舎内の一室なのに天井はなく、青空が広がっているのだから。

空間を捻《ね》じ曲げてどこかと繋《つな》げているのか、それとも空間を捻じ曲げて作ったのか。

あの青空まで作ったのだろうか――クノンには理屈がよくわからない。

だがまあ、それはいいとして。

そんな闘技場もとい実験室の観客席には、すでにたくさんの人がいた。

といっても魔術学校の関係者だけなので、客席の前列が所々埋まっているくらいだが。

二級三級の生徒たちに、特級クラスもいた。

知っている顔も知らない顔もいる。

見慣れない教師らしき者たちもいた。

クノンもジオエリオンも個人的な勝負だと思っていた。だからこんなに人がいるなんて聞いてないし、望んでもいない。

だが、段取りを付けたイルヒも、客席に見学と思われる者たちがいるなど想定外だったらしい。

それに加えて――

「見えないけど僕の見間違いでしょうか？　あそこに黒い正六面体がありません？」

「あるぞ。……なんだあれは」

不自然に観客席の上空に浮かぶ、黒い箱。

あれはなんなのか。

「――来たね」

選手用入場口で唖然《あぜん》としていたクノンたちに、クノンの知っている顔が近づく。

「あ、サトリ先生――」

「先生！　これどういうことでありますか!?」

クノンの声を、イルヒの声が追い抜いた。

そう、イルヒが声を掛けた教師の一人が、このサトリ・グルッケである。

クノンの知り合いということもあり、頼みやすいと踏んでお願いしてみた。実際即答で場所の用意と立ち会いを承諾してくれた。

話が早くて助かった。

と、思ったのだが。

まさか見物人を入れるなんて。

こんなの考えられない。

「まあ落ち着きな。誰がいようとどこであろうと、当人同士のやることは変わらないだろ」

「見られているかいないかは大違いでありますよ！」

これはイルヒの主張が正しい。

熟練の魔術師となれば、それなりに隠し玉や秘技、切り札などを持っているものだ。

大勢に見られているということは、大勢に知られてしまうということだ。

やりづらくなることはあっても、やりやすくなることはない。

「気持ちはわかるけどね。でも仕方ないだろ」

サトリは小さな溜息《ためいき》を吐《つ》くと、宙に浮かぶ黒い箱を見た。

「グレイ・ルーヴァが観《み》たいってさ」

「「グレイ・ルーヴァ⁉︎」」

その名前が出たことに、クノンは元より、ジオエリオンもイルヒもガースも驚いた。

グレイ・ルーヴァ。

何百年も生きている、世界一有名な魔女である。

周囲にある三大国を相手に一人で立ち回り、この土地を守り抜いたという恐ろしく腕の立つ魔術師である。

名前だけは有名で、歴史書にも出てくるほどの存在だが。

しかし、実際の彼女のことを知る者はおらず、ましてや姿を見た者さえほとんどいない、とかなんとか。

本当に数百年も生きているのか。

そもそも本当に実在するのか。

もし実在するなら、どんな魔術を使って生き永らえているのか。

興味は尽きないが、会いたいと思って会える相手ではない。この魔術学校に属するからと言って、会えるとも限らない。

……というのが、だいたいの通説だったのだが。

宙に浮かぶあの黒い箱。

恐らく影を使った目くらましの中に。

世界一の魔女がいるそうだ。

「で、ついでだから観たい者には観せてやれってさ」

ついでだから。

自分が見学するついでだから、他の者も呼べ、と。

「悪いね。あの方が言うなら誰も逆らえない」

それはそうだろう。

グレイ・ルーヴァは、この魔術学校の学園長みたいな存在である。もっと言うと魔術都市ディラシックの領主とも言える。

学校に属するなら、長にはなかなか逆らえるものではない。放校処分なんて食らうとさすがに困る。

この都市の支配者は彼女で、彼女が法なのだ。

「まあいいじゃないか。あんたらくらいの年齢で使える魔術なんて、まだまだ未熟なものさ。十年後の自分自身が絶対に追い抜いているからね。

だから、ここで全部出し切ったところで、大したデメリットはないよ。あたしらからすれば全部小技だ、小技」

確かにサトリの言う通りではあるのだろう。

教師たちの実力は高い。そんな彼女らからすれば、十代前半のクノンやジオエリオンの魔術なんて、子供の遊びみたいなものだろう。

だからと言って簡単に納得はできないが。

――しかし、グレイ・ルーヴァの意向なら仕方ない、という面もある。

何せ世界一の魔女が出張ってきている。

言ってしまえば魔術師界における御前試合に等しい。

特級クラスとはいえ一年生の自分には恐れ多い、とさえクノンは思う。

「で、彼女からの伝言だ。『たとえ即死しても治してやるから、持てるすべての力を使って戦え』、だとさ。確かに伝えたよ」

つまり、だ。

「決闘用魔法陣はなしでいいんですか？」

「そうじゃない方が好みだろ？」

「僕はそうですけど」

魔術を食らうのもまた勉強。クノンは本気でそう思っている。

だが、ジオエリオンはどうか。

「俺も構わない」

なら、問題ないのか。……ないのか？

「――じゃあ問題ないね。ほれ、皆待ってるんだから早く行った行った」

色々と引っ掛かる部分もあるが。

だが、もはや一生徒にどうこうできることではなさそうだ。

この状況でやるしかないのだろう。

不承不承ながら。


想像していた勝負より、少々人目が多くなった。

なんとなく気が削《そ》がれた感はあるが。

闘技場の真ん中で向き合えば、周囲は気にならなくなった。

周囲が静かに観戦しているせいもあるのだろう。雑音さえなければ、ここにはお互いの存在しかない。

もう、相手しか見えない。

ずっと焦がれた相手しか。

「クノン。グレイ・ルーヴァに先に言われたが、俺からも言っておく」

ジオエリオンはクノンを見詰める。

「俺は君を退屈させないよう努力する。だから君も俺を退屈させないでくれ」

眼帯の下、見えない眼差《まなざ》しでクノンも見詰める。

「全力でやれってことですね？　殺す気で」

「俺に勝てるなら全力じゃなくてもいい。だが俺はそのつもりでやる」

「わかりました」

——よかった、とクノンは思った。

この勝負で最も懸念していたことは、ジオエリオンが手加減をすることだった。

クノンの見立てでは、自分よりジオエリオンの方が一枚も二枚も上手だと思っている。

総魔力量も、魔術の操作も制御も。

覚えている魔術の数も、バリエーションも。

勘でしかないが、外れている気はしない。

この勝負、恐らく自分は勝てない。

元々勝敗問わず戦うことだけ考えていたので、それはいいのだが。

だが、加減されるとなれば話は別だ。それで万が一にもクノンが勝ったところで、何も思うことはない。

いや、むしろがっかりするだろう。

「常々魔術に対する考え方が似てるとは思ってましたが、こんなところも似てるんですね」

きっとジオエリオンも心配していたのだろう。

自分に遠慮して加減するのではないか、と。

帝国の皇子という身分ゆえに、本気でぶつかってくる相手も少なかったのだろう。

——だが、互いが思う結論は、きっと同じだ。

魔術において身分など関係ない。

より魔術の深淵《しんえん》に触れるため、また遥《はる》かなる高みに臨むため。

そのために戦う。

それだけだ。


開始の合図は、教師サーフ・クリケットが行った。

サトリ同様、イルヒが頼んだ教師の一人だ。

「じゃあ、始め」

気負いのない合図だったが、クノンとジオエリオンの反応は速かった。

クノンの周囲に無数の「水球」が生まれる。

ジオエリオンの周りに無数の火蝶《かちょう》が舞う。

その状態で膠着《こうちゃく》するかに思えたが――火の動きは迅速だった。
火蝶が舞う。
火燕《かえん》が飛ぶ。
火犬《ひけん》が走る。
火蜻蛉《ひとんぼ》が滑空する。
生物の形をした火が赤い軌跡を描き、一斉にクノンに襲い掛かる。
クノンはそれら一つ一つを、丁寧に「水球」に閉じ込めていく。
不規則な火蝶も。
上から来る火燕も。
足元を駆ける火犬も。
まっすぐ飛んでくる火蜻蛉も。
「……?」
すべてを包み込んで処理した時、クノンは違和感を覚える。
閉じ込めた火が、消えない。
「っ!」
そう思った瞬間、火が膨れ上がる。
ボンボンボンボン!
「水球」の中で膨れ上がった火は、水の膜を破った。
すべての動物が一瞬で爆《は》ぜ、燃え上がり。

クノンは全身を火に囲まれた。

――狂炎王子ジオエリオン。

彼の火は蕾《つぼみ》である。

蕾は、狂い咲く。


「――うわ……」

クノンが炎に巻かれた。

あっという間の出来事だった。

――初手でこれか。

そう思ったのは、観客席で見ているエリア・ヘッソンである。

「実力の派閥」代表ベイル・カークントンとともに――好きな人と、内心デート気分でこの場にやってきたが。

まさかの初《しょ》っ端《ぱな》からの後輩炎上で、浮ついた気分が一瞬でなくなった。まるで自分が燃やされたかのように、ウキウキが煙となって消え失《う》せた。

ちなみに、周りにいる「実力」の生徒は二人に気を遣って少し離れている。

いや、「二人に」ではなく「エリアに」か。

「あの反応を見るに、クノンは狂炎の特徴を知らなかったみたいだな」

最初から浮ついていないベイルは、冷静である。

真面目である。

そんなところも好きだが、時々もやもやするエリアである。隣に自分がいるのに全然気にしてくれない。

まあそんなことはどうでもいいのだが。

ベイルは、燃え上がっている後輩を注意深く見ている。

『水球』で閉じ込める。中の空気がなくなる。そして火が消える。

クノンが考えた対処はこういう感じだろうな」

魔術の火は、燃える物質……燃料を必要としない。

だが、空気だけは必要だ。これがないと火が形成できない。

元々火は物質ではない。

それだけに、存在が許されるだけの環境が必要なのだ。

――魔術による火なので例外もあるのだが、基本的にはそうである。

「あの爆発するように燃え上がる特徴ですか？」

「そうだ。

誰が言ったか知らないが、『火種が狂い咲く』と表現したのが広まって、狂炎王子ってあだ名が付いたって話だ。

あれ、真似《まね》するの大変らしいぜ。でもあの皇子は素でやってるんだとさ」

「あれってどういう原理なんですか？」

「ああ、あれはな――」

ベイルが説明しようとしたその瞬間、クノンを燃やしていた火が花火のように大輪の花を咲かせて消えた。

ごぽり、と大きな水泡が昇った。

火が消えた後には、巨大な「水球」に包まれたクノンがいた。

「――なるほどなぁ。これが狂炎なんですね」

クノンを包んでいた水が弾《はじ》ける。

ぼたぼたと水滴を滴らせながら、笑う。

少々驚いたが、クノンは理解した。

狂炎王子の異名の意味が今のでわかった。

「挨拶《あいさつ》代《が》わりだ。気に入ったか？」

そう言うジオエリオンの周りに、再び無数の火蝶が舞う。

「もちろん。面白いですね」

恐らく、二重の「火種《カ・シ》」だ。

「火種《カ・シ》」の中に小さな「火種《カ・シ》」を込めたのだ。

外側の火が弱くなったら、内側の「火種《カ・シ》」が燃え上がるような構造だろう。

この時、弱くなった外側の一部を突き破って、空気を求めて内側の火が一気に膨れ上がる。

それが狂炎の正体だ。

ただの火から別の火が発生する。そう考えるとわかりやすいかもしれない。

制御を失い、強く燃え上がる。

彼の魔術の原理を知らなければ、そう見えるだろう。

「面白かったので、僕も同じことをしてみました」

まず巨大な「水球」で炎上から身を守り。

更にもう一つ、内部に冷たい「水球」で層を作り、温度を管理した。

そして、外側《がいそく》の一つを爆散させて、火を払った。

「すぐ真似するなよ」

「あ、元からできてましたのでお気になさらず」

魔術の中に魔術を込める。

それは魔道具造りの応用でもあるので、クノンには珍しい原理ではない。

何ヵ月も部屋に籠《こも》って「鏡眼」の開発を行った際、色々と試した中に、魔術の中に魔術を込めるという発想があった。

前に訓練したことがあった、というだけの話だ。


「今度は僕から挨拶をしても？」

「どうぞ。ただし大人しく受けるとは言わない。君の水は恐ろしいからな」

「僕は先輩の想いを受け止めましたけど」

「悪いが俺にはその勇気はない」

「なるほど。残念。でも――」

クノンは少しだけ、持っていた杖《つえ》を上げ。

「ぜひ受け止めてください」

地面を突いた。

「――泥」

ごぼ、と。

ジオエリオンの足が、少しだけ、地面に沈んだ。

――まずい。

この先どうなるか、瞬時に予想したジオエリオンは逃げようとした。

「――泥」

クノンはもう一度杖を突く。

がくんと視界が下がった。

いつの間にかできていた足元の泥沼に、足首まで突っ込んだ。

「――泥」

クノンはもう一度杖を突く。

膝《ひざ》まで沈んだ。

粘度の強い泥は非常に重く、もう足は抜けない。

「――泥」

クノンはもう一度杖を突く。

腿《もも》まで埋まった。

泥沼は広がっていた。手が届く範囲はすべて泥沼だ。

「……これだから水は……」

水は本当に厄介だ、とジオエリオンは思う。

クノンの場合は特にだ。

大技ではなく小技が怖い。

大技は、動く魔力も大きくなるので予想できるものが大半だが、小技はそうもいかない。クノンくらい魔力の操作が上手ければどうとでも誤魔化すだろう。

小技は弱い？

決定打に欠ける？

それは小技の恐ろしさを知らない、平凡な魔術師の論だ。

人なんて、一番弱い魔術で殺せる。人をどうにかするのに大技を使う必要はないのだ。

それを理解していれば、小技の恐ろしさが見えてくる。

クノンは大人しく燃えていたわけではないと、ジオエリオンは思っている。

炎上するクノンを見ていた時も、油断はしていなかった。

クノンの魔力の動きは絶対に見逃さないよう、注意していた。

そうしなければいけないと勘が告げていた。

――もし自分が自分を相手にするなら。

発想が似ているクノンなら、そう仮定してもいいだろう。

ならば、どんな状況からでも攻撃に出ることは、充分考えられた。

しかしこれは本当に予想外だった。

燃えている間。

クノンは足元から、地面に水を潜行させていた。

そして、水はすでに、ジオエリオンの足元まで及んでいた。

地面の中までは注意していなかった。

いや、仮にそこまで注意していても、察知できたかどうかはわからない。

「――泥」

クノンはもう一度杖を突く。

腰まで沈んだ。

しかも、周囲に舞う無数の火蝶《かちょう》の外側に、沢山の「水球」が浮かんでいた。

沼は攻撃じゃなかった。

これからやってくるのが攻撃だ。

「――雨」

もう沈まない。

代わりに、周囲の「水球」が隣の「水球」と繋《つな》がるように一体化し、大きなドーム状になり――

その中で、雨が降る。

嵐のような豪雨が。

ドーム状の膜の中に、どんどん水が溜《た》まっていく。

ジオエリオンは泥沼に埋まっていて動けない。

火蝶は雨に打たれ、羽根をむしられ消えていった。

それでも雨は止まらない。


「――さすがクノン君って感じね」

観客席にいる「合理の派閥」ユシータは、クノンの魔術に舌を巻く。

やはりクノンの実力は確かだ。

同じ水属性である。一緒に実験をしただけあって、彼の実力は少しは理解している。

恐るべきは魔術そのものではなく魔術の使い方、発想力だろう。

そしてそれを魔術で実現するだけの制御と操作だ。

「……フン。ただの小技じゃん」

一緒に見ているサンドラはそんな憎まれ口を叩《たた》くが。

真剣な横顔が語っている。

一瞬たりとも目が離せない、と。

沼地の構築。

局地的豪雨。

ある程度できる水魔術師なら、どちらも簡単にできる。

サンドラなんて、村一つくらいなら舐《な》めるように消し去る濁流を出せるくらいだ。

問題は、消費する魔力である。

魔術の規模によっては、魔力を大きく使用することになる。クノンと同じことをやろうとすれば、普通はもっと魔力を使うのである。

魔術師の魔力は無限ではない。

大技なんて一戦に数発放てればいい方で、魔術が使えなくなった魔術師なんて、ただの疲弊した人である。

クノンの魔力の消耗度は、恐ろしく小さい。

それもそのはず、彼が使っているのはあくまでも初歩的な魔術だからだ。

沼地の構築も局地的豪雨も。

正体は、ただの「水球《ア・オリ》」だろう。

あれがただの「水球《ア・オリ》」だなんて信じられないが。

正直もうインチキにしか思えなくなってきたが。

しかし紛れもない事実なのだから仕方ない。

ドーム状の膜の中だけで、激しい雨が降っている。

沼に埋まっていたジオエリオンの姿はまったく見えなくなった……。


――ユシータたちから少し離れたところで、一組の男女が観戦している。

いや、正確には男と男だが。

「……う、ううん……」

「合理の派閥」カシスは複雑だった。

今日は、当然のように帝国の皇子ジオエリオンの応援をしにきたカシスだが。

なぜだかクノンにも負けてほしくないと、思い始めていた。

初手の炎上辺りから、そう思ってしまった。

でもやはり、ジオエリオンが負ける姿も、見たくはないのである。

あの眉目秀麗《びもくしゅうれい》な狂炎王子が負ける様など、絶対に見たくない。いつまでも憧《あこが》れの王子様であってほしい。

だからといってクノンにも負けてほしくない……と。

乙女心は複雑に揺れ動いていた。

「あなたは意外と情に篤《あつ》いですからね」

「えっ」

隣にいた「合理」の代表ルルォメットに、不意にそんなことを言われた。

「まあ、話したこともない皇子より、接したことのあるクノンに情があって当然だとは思いますが」

「や、やだぁ先輩！　私クノン君苦手だしぃ！」

「はいはい」

「ほんとですからね⁉　ナンパな男ってサイテーだしぃ！」

「はいはい――おっと。動きがありそうですね」

――ジオエリオンの魔力が高まっている。


「あ、結構強引」

クノンがそう呟《つぶや》くと同時に、勢いよく水蒸気が吹き出した。

焼け石に水を打ったようにじゅうじゅうと、水という液体が気体になっていく。

ジオエリオンの火だ。

雨も、膜も、一瞬で煙になってしまった。

超火力による豪雨の打破。

それと——もうもうと立ち昇る蒸気の中、動く。

ゆっくりと穴から歩いて出てくる。

全身を灼熱《しゃくねつ》に染めたジオエリオンが。

その姿は、まるで火でできた人間である。

「驚いた」

水蒸気が晴れると、灼熱に染まったジオエリオンもゆっくりと元の色に戻った。

恐らく、土が融解するほどの高火力で沼の拘束を解き、雨と一緒に地面の水分までも蒸発させた。

もちろん、さっきまで豪雨に打たれていたジオエリオンはすっかり乾いている。

少々薄汚れてはいるが。

彼が踏みしめる地面に焼け焦げた痕《あと》はあっても、泥や沼の不安定さはない。

「まさかこんなに早く中級魔術を使うとは思わなかった」

自身を火炎で覆う中級魔術「火熱鎧《カ・ネガキ》」。

火属性における防御魔術である。

「僕も先輩が力技で抜けるとは思いませんでした」

クノンは笑っている。

ただし、さっき以上に警戒心を高めている。

ジオエリオンの発する魔力の量が、まだ変わらないから。

「少し失望させたかな」

「いいえ。だってこれから面白いものを見せてくれるんでしょう?」

「ああ――」

少々薄汚れたジオエリオンは右手を上げる。

「ここからは手加減しない」

右手から小さな小さな火球がいくつも生まれ――即座に放たれる。

速い。

だが特筆するほどの速さではない。

奇怪なのはその動き、軌道だ。

直線に飛ぶものもあれば、曲線を描いて飛ぶものもある。

速度を落とすものもあれば、逆に速くなるものもある。

ただ共通しているのは、すべてがクノン目掛けて飛んでくること。

標的に向かってくることだ。

まっすぐ一定で飛ばないそれは、とても捉《とら》えづらい。

そして、それらはずっと放たれ続けている。

もはや千を超える数の火球の群れがクノンに迫る、と――

「――蜂だ」

近くまで来て、クノンは正体に気づいた。

そう、小さな火球は蜂の形をしていた。
火蜂。
まっすぐは飛ばない、というのは、蜂の動きを模しているから。
「蜂かぁ。そういえば僕は作ったことないなぁ」
ボン
クノンの目の前で、一番最初に迫った火蜂が爆《は》ぜた。
もちろん当たっていない。
ボン、ボン
次も、その次も。
クノンに触れる前に、狂い咲いていく。
ボンボンボンボンボンボンボンボンボンボンボンボンボンボン
「数がすごいなぁ」
呑気《のんき》なことを言いながら、クノンは火蜂たちを安全に処理していく。
傍目《はため》には何もしていないように見せながら。
そして――

「むっ⁉」

火蜂の発生が止まった。

ジオエリオンが回避したからだ。

「あ、すごい。あれ気づいたんだ」

――クノンが使った魔術は「砲魚《ア・オルヴィ》」である。

まっすぐに水を飛ばす、という初歩魔術だ。

ただし、見えないほど細く小さく尖《とが》らせた、勢いのある放水である。

それで火蜂たちを一匹ずつ排除していき――その中のただ一本だけ、ジオエリオンまで到達するものを放った。

見えないし、初歩魔術なので魔力も感じづらい。しかも火蜂が爆ぜる目くらまし付きだった。金属や岩は無理だが、人体の肉くらいなら貫通する威力がある。

そんな一発だったのだが。

しかしジオエリオンは気づいた。

攻撃に夢中になり、うっかり当たるとクノンは予想していたのだが。

何より不可視で速度がある。

それを、避《よ》けた。

クノンは嬉《うれ》しくなった。

攻防の手が止《や》み、二人は見詰め合う。

「――加減はしない、と言ったぞ。クノン」

「……あっ」

火蜂は目くらまし。

目くらましにして一矢放ったのは、クノンだけではなかった。

「燃え上がれ」

ジオエリオンを中心にして、地面が真っ赤に染まる。

――中級魔術「火炎方陣《カ・ユイダ》」。

赤は揺らめき。

やがて火となり、一帯は火の海となった。

ぼこんぼこんと火を散らし、赤い花畑は狂い咲く。


「今のは危なかったな……」

とっさに逃げたクノンは、今になってひやりとしていた。

クノンは目が見えない。だから自分の足を使った移動は苦手だ。

戦うにしても、足を使って動かないのが鉄則だ。

ジオエリオンは容赦なく、その弱点を突いてきた。

しかも、クノンが沼地を用意したことに対する意趣返しの意味も込めて、地面を使った。

手加減しない。

その言葉に偽りはなかった。

クノンは余計嬉しくなった。

「――あ、偉そうですみません。咄嗟《とっさ》だったもので」

クノンは偉そうな体勢で飛んでいた。

「水球」に乗って、火の海の上を。

そんなクノンを見上げ、ジオエリオンは言った。

「気にするな。すぐに引きずり降ろしてやる」


「――なかなか容赦がない」

そう呟いたのは、「調和の派閥」代表シロト・ロクソンだ。

闘技場には火の海が流し込まれ、観客席まで暑くなってきた。

クノンは偉そうに空を飛び、ジオエリオンは火の海の真っただ中で平然と佇《たたず》んでいる。

これでジオエリオンが地面を支配した。

落ちたら終わりだ。

この先、クノンは常に空中にいなければならない。

「クノンは少し厳しくなったな」

クノンの魔術は初級ばかり。使用する魔力量の桁《けた》が違う中級魔術「火炎方陣《カ・ユイダ》」を消すことは不可能だろう。

いかに器用に扱えようとも、初級魔術は初級魔術。単純な力比べとなれば勝負にならない。

自身の身を守りつつ、足場も守り確保し続ける必要がある。もちろん防戦一方では話にならない。

その状態で攻撃も仕掛けていかねばならない。

ジオエリオンを相手にだ。

足場も元は「水球」だ。火の影響を受けるだろうし、維持するだけでも難しくなるだろう。

いや、そもそもを言うなら。

地面を燃やされた時点で終わっているのだ。

水の魔術師が飛んでいることの方が異常なのだから。

一難は避けられたが、果たして次はどう動くか。

何にせよ、こういう形になってしまえば、決着は近そうである。

「私は狂炎王子の方が気になるよ」

シロトの隣にいる、クノンの同期ハンク・ビートが言った。

同じ火属性だからわかる。

火の魔術師とは言っても、別に肉体が火に強くなるわけではない。

普通に熱を感じるし、操作を誤れば自分の魔術で火傷《やけど》したり燃えたりするのだ。

それなのに、ジオエリオンは平気な顔をして火の海の中にいる。

きっと、魔力の操作で熱を遮断しているのだろう。

それはかなり難しいことだ。

狂炎王子。

その二つ名に恥じない実力者である。


――そんな二人からそう遠くない観客席で、彼らは笑っていた。

「楽しそうだな、ジオ様」

「そうでありますね」

ジオエリオンの友人兼護衛のガスイース・ガダンサースとイルヒ・ボーライルである。

帝国の皇子。

そう聞けば、華やかで贅《ぜい》の限りを尽くした派手な生活を送っていると思われがちだが、とんでもない。

清貧、とでも言えばいいのか。

ジオエリオンは、与えられる物こそ高級品だが、それ以上は求めない。

楽しみを自分から探すこともない。

知識欲こそ旺盛《おうせい》だが、それを満足に満たすだけの時間はない。

ジオエリオンの毎日は、研鑽《けんさん》と学習ばかりで、自由に使える時間なんてほんの一握りしかない。

いつか、溜《た》めに溜めた鬱憤《うっぷん》が大爆発するのではないか。

いつも近くで見てきた二人はそんな心配をしていた。

しかし。

今は、楽しそうだ。

我慢もなく遠慮もなく魔術を放ち。

そして相手がそれに応える。

実に楽しそうだ。

楽しそうで、嬉しそうだ。

だが――

「そろそろ大詰めでありますね」

楽しい時間とは、どうしてこうも早く過ぎていくのか。

元々魔術師同士の勝負は、長期戦になりづらい。
小技の一発でも、まともに入ればそれで決着が着くからだ。
小技でもそうなのに、大技も出るのである。お互いに一撃必殺を繰り出し続けるのだ。
そうなれば、すぐにでも結果は出るというものだ。
このクノンとジオエリオンとの勝負も、時間にすれば短いが。
魔術師界隈《かいわい》では、すでに長期戦の分類になる。
ジオエリオンが生んだ「火炎方陣《カ・ユイダ》」。
相当な魔力を使っているあれは、長く維持できるものではない。
つまり――
「ああ、もうじき決着だな」
ジオエリオンは勝負を仕掛けたのである。

観客席の想いはどうあれ。
そろそろ決着が着く。
それはクノンもジオエリオンも思っていたことだ。
様子見も小競り合いも済ませた。
あとはもう、応酬のみ。
ここから先は――
「行くぞクノン！」

感情も露《あら》わにジオエリオンが吠《ほ》えた。

巨大な火球が二つ生まれる。

クノンの身丈とほぼ同じ大きさの火の球が、二つ。

しかも無数の火蝶《かちょう》をまとっている。

とてつもなく高度な魔術の使い方だ。今現在だけでどれだけの魔術を放ち、制御しているのか。

特級クラスでさえこれを真似できる者がいるだろうか。

それほどの技術と精神力だ。

そして、それは容赦なくクノンに向けて飛ばされた。

「――よし、気合い入れよう」

クノンの笑みが消えた。

この火球は、追跡してくるものだ。

ジオエリオン自らが操作し、どこまでもクノンを追ってくるだろう。

これほどの高熱の火となると、初級魔術しか使えないクノンの手札では対処が難しい。

単純な力の差である。

それほどまでに、火球に込められた魔力が強いのだ。生半可な水ではどうにもならないだろう。

ここから先は、もう考える余裕はない。

クノン自身も、自分がどうなるかわからない。

理屈や対処法を考える間もなく、勘と感覚で動くことになる。

瞬時に判断しなければならない。

そうじゃないと、もう対応できないのだ。

火球が迫る。

クノンは沢山の「水球」を周りに生み出しつつ、椅子型「水球」を高速で移動させ――

「あっまずっ……！」

逃げる意識に気を取られ、気づくのが遅れた。

突然。

飛行する進路を塞《ふさ》ぐように、一つの火球が、下から、目の前に飛び出してきた。

火の海より出てきたものだ。

まだ新しい火球を放つ余裕さえあるのか――ジオエリオンの実力が嬉しい。こんな瀬戸際でも嬉しくて堪《たま》らない。

これは避けられない。

クノンは両腕で顔を守りながら、速度を上げて火球に突っ込んだ。

先に魔力の導線を引いて、決められたルートを移動する。クノンの「飛行」はそういう原理で動いている。

それだけに、急な方向転換はできないのだ。

ならば。

逆に速度を上げて、一気に火球の中を通り、やり過ごすのみ。

加えて、とっさに「水球」をまとった。

そのおかげでなんとか助かった。

軽く皮膚が焼け、衣類に穴が空き、少し髪が焦げただけで済んだ。

熱い。

痛い。

だが、まだ思考力はある。

魔術も使えるし、戦意も充分。

ならば問題ない。

火球から飛び出してすぐに「水」で冷やす。

しかし、今ので足場の「水球」は蒸発してしまった。

クノンは宙に放り出されていた。

そんなクノンを追って、火蝶をまとった火球が迫る。

「――っ!」

同じく、ジオエリオンもダメージを負っていた。

クノンが回避すると同時に飛ばした不可視の「砲魚《ア・オルヴィ》」。

それが一本だけ、彼の右肩を貫いたのだ。

やや放射状に三十七本。

大まかに方向だけ決めた無差別な飛び道具を、ジオエリオンは一本だけ避けそこなったのだ。

仕方ないだろう。

今や火球を三つ操作し、火の海を維持し、また自分の身体《からだ》が燃えないよう制御もする。

いかな天才でも、いや天才だから、ここまでやれるのだ。

しかし、才能があっても限界はある。

この上更にクノンの攻撃を避けろ、見えない攻撃をかわせ、と言うのは酷だ。

ある程度避けるのが精一杯だった。


最初は一歩も動かなかった魔術勝負は。

ここに来て、まさかの機動勝負になった。


「――」

クノンは声にならない声を上げる。

意識を失わないため、そして深く呼吸して熱を吸い込まないように。

とにかく気合いの声を上げていた。

右に左に上に下にと、勢いよく宙を舞いながら。

椅子型では急な対処ができない。

ならば、別の方法で飛ぶしかない。

進行方向に超弾力「水球」を生み出す。

そして、反発力で違う方向に撥《は》ね飛《と》ばしてもらう。

クノンはそんな強引極まりない移動方法を編み出して、宙を舞い続けた。

もう上下左右の感覚がわからない。

ただ撥ね飛ばされるだけなので、身体はきりもみし、両手足は投げ出されるように振り回されている。

その様は、強風に弄《もてあそ》ばれる木の葉のようだ。

何度も火球が掠《かす》めた。

直撃はないが、半ばもう当たっているようなものだ。現に火球は避けているが、まとう火蝶はいくつか食らっている。

熱を帯びた眼帯を捨て、服は焼け焦げ、手足が尋常じゃないほど痛い。

それでもクノンは舞い続けた。

舞い続けて、「砲魚《ア・オルヴィイ》」を放ち続けた。

「――っ！　っ！　っ……！」

声にならない声を上げ、ジオエリオンもボロボロになっていた。

避けきれないクノンの攻撃が何発も当たっている。

激痛が走る。

ぼたぼたと少なくない量の血が流れている。

それでもなお、心が折れることはなかった。

魔術を操作する意思は変わらず、むしろどんどん冴《さ》えわたってきている気がする。

限界は近い。

いや、もう超えていると思う。

だが、それでも。

二人は同じことを考えていた。

いつまでもこの戦いを続けたい、と。

そして、勝負は決した。

◆

「本当に危なかったわね」

「本当に危なかったですよ」

第一声がそれだった。

クノンは意識を取り戻した。

ここは見慣れた聖女の教室である。

いつかのように、目が醒《さ》めたらベッドの上だった。

光属性の教師スレヤと、この教室の主である聖女レイエスがテーブルに着いていて。

起き上がったクノンを見て、言った。

危なかったと。

「……」

クノンは理解した。

勝負は終わったのだ。

ジオエリオンとの勝負の最中《さなか》、いつの間にか気を失っていた。

だが、覚えている。

自分は実力を出し切った。

ちゃんと、遠慮なく、殺す気で戦った。

相手もそうだったと信じたい。

そして、彼の期待に応えられたと信じたい。

決して退屈させなかったと。余計なことを考える間もなく、夢中になって戦ってくれたと。

魔力の使い過ぎで疲労が残っている。

しかし、身体の痛みや傷がないのは、目の前の光属性持ちが癒してくれたからだろう。有難い存在である。

――そんな彼女たちの第一声が「危なかった」だ。

察するに、かなりの重体だったのだろう。

そう聞かされると心配になる。

「先輩は？　ジオエリオン先輩は大丈夫ですか？」

「まず自分の心配をしたらどうです？」

聖女に言われて気づいた。

今回はいっぱい燃やされたので、案の定の裸だった。

クノンはゆっくりと優雅に胸を隠し、再度「先輩はどうしたか」と訊《たず》ねる。

「ここはベッドが一つしかないので、別室で治療しましたよ」

「あの子も危なかったわ」

二人は少しだけ教えてくれた。

結果――クノンの想像より、自分たちはひどい有様だったらしい。

最終的に、クノンは火球を食らった。

追撃の二つ目、三つ目、火蝶も加わり、燃えながら火の海に落ちたそうだ。

対するジオエリオンは、クノンの「砲魚《ア・オルヴィ》」を食らいすぎて出血多量。

その上、最後に右目を貫かれて致命傷を負った。

それでもなお、魔術の操作を手放さなかったそうだ。

彼の精神力は尋常じゃない。

「えっ⁉　先輩が致命傷⁉」

説明を聞いてクノンは驚いた。

戦っている最中は、夢中だった。

とにかく火球から逃げながら「砲魚《ア・オルヴィ》」を放ち続けた。

当たったかどうかを確認する間はなかった。

仕留めたなら、火の魔術が止まる。止まらないなら……と、そう思って攻撃をし続けた。

ジオエリオンの魔術操作にブレがなかったので、全然当たっていないと思っていた。

痛みや衝撃は、操作の妨げになるから。

だが、実際は結構当たっていたそうだ。

「あなたも充分致命傷でしたよ。本当に危なかった」

今でこそ全身つるつるの元の姿だが。

勝負の直後は、クノンはほぼ全身に火傷《やけど》を負った状態だった。

放っておいたら死んでいただろう。

もちろんジオエリオンもだ。

それくらい、どちらも致命傷だった。

勝負の結果は、誰がどう見ても、相打ちである。

「僕のことはいいんです！　先輩の容態は⁉」

自分は生きていて、今こうして話している。

つまり無事は確認できている。

なら、相手は？

「治しましたのでご心配なく。ついさっき彼の友人がやってきて、皇子の意識が戻ったから連れて帰ると伝えに来ましたよ」

クノンは胸を撫《な》で下《お》ろす。

確かに殺す気でやった。

しかし、実際に殺してしまうわけにはいかない。

身分や立場上のアレもあるが、個人的に嫌だ。

気が合う人だ。

得難い人だ。

絶対に失いたくない。

「もうすぐクノンの着替えが届きますので、しばしお待ちを」

少し前のサーフ・クリケットとの勝負と同じである。

同じ顛末《てんまつ》を迎え、同じ流れに乗っているようだ。

「そんなところで胸を隠してないで、こちらに来たらどうです？　香草茶くらいなら出しますよ」

「いいの？　僕今すごくセクシーだけど」

「子供の裸は見慣れているし、もう二度目だから大丈夫ですよ」

じゃあ大丈夫だな、とクノンは思った。

「スレヤ先生も大丈夫ですか？」

「え？　ええ、私は筋肉ムキムキの人が好きなので。クノン君にセクシーは感じないかな」

じゃあ大丈夫だな、とクノンはテーブルに向かった。

幕間《まくあい》　手紙

親愛なる婚約者様へ
　春の息吹を感じ始めた昨今、いかがお過ごしですか？
まだまだ寒い日が続きますが、もうじき温かくなることでしょう。
あなたの陽《ひ》だまりのような温かい笑顔が懐かしいです。
そちらに変わりはありませんか？
僕は機会に恵まれ、二人の男性と魔術で戦うことができました。

　一人は教師です。

魔術学校の先生は、あまり生徒と勝負をしないようなのです。

こういう機会は本当に少なく、貴重な体験ができました。

詳細は、手短にまとめても事実と考察と対策に紙面数十枚を要するため、今回は見送ることにします。

先生はすごかったです。とても強かったです。

僕はボロボロにされて、裸にされて、ベッドに送られました。

もう一人は、一つ上の先輩です。

身分のある方なので詳しくは書けませんが、他人とは思えないほど気が合う人で、驚きました。

価値観が似ているのかな？　考え方が似ているのかな？

そんな不思議で興味深い人です。

彼は熱かったです。

普段は冷静で冷徹さも感じさせるのに、魔術は熱かったです。

僕の心も熱くなっていました。

きっと彼の心も、あの時は熱かったに違いありません。

そして僕はまたボロボロにされて、裸にされて、ベッドに送られました。


負けはいいですね。学ぶことがとても多い。

僕はまた、魔術の奥深さを知ることができました。

二人との戦いを経て、いろんなアイデアが浮かんできました。

僕はまだ、戦うための魔術を、あまり開発できていなかったようです。

転用はあるけど専用はない、という感じで。

戦闘技術は、ほぼ未開拓の分野でした。

親から禁止されていたのもあり、習得を見送っていたところもあるのですが。

攻撃を知れば、必要以上に相手を傷つけない戦い方ができる。

力があれば、力を抑え込むことができる。

そう考えると、むしろこの方面も必須《ひっす》なのだと感じました。
これからちゃんと学んでいきたいと思っています。
また先輩とたくさん話したいな。

殿下の騎士訓練はいかがですか？
怪我《けが》などしていませんか？
僕は先の勝負で怪我をしましたが、治癒魔術師がいるので、とても助かっています。
本当は怪我なんてしない方がいいですが……
でも、騎士という職業柄、やはり怪我をすることもあるかと思います。
前回手紙に書いた魔道具ですが、もうすぐ実を結びそうです。
真っ先にあなたに送ります。
僕の精一杯の気持ちを込めて。
ぜひ、御守《おまも》りとして受け取ってください。

春が来ます。
殿下の好きな春の花を、こちらで探してみようと思います。
見えないけど、あなただと思って傍《そば》にいてもらいます。
貴女《あなた》と会える日を待つクノン・グリオンより　永遠の愛を込めて

追伸
最近侍女が「男同士ってどう思います?」と聞いてきます。
意味がわからないのでなんか怖いです。
殿下はどういう意味かわかりますか?

幕間《まくあい》　魔女のつぶやき、皇子のつぶやき

面白い勝負だ。

近年稀《まれ》に見る、いい勝負だ。

そうなるように図ったわけではない。戦略の構成など一切なかったので、互いがその時の最善を判断して応酬していた。

ああいうのは面白い。時に瞬発的な発想とは、熟考した筋書きを超えることがあるから。

実力が近いのもよかった。

未熟なのもよかった。

だから決定打となる手札が、お互いに少なかったのだ。

魔術師同士の戦いは、どうしても大技で決まる場合が多い。強力な魔術でねじ伏せられる、という形だ。

見栄えはするが、見所は少ないのだ。

だが、この勝負はそれとは違う。

水の魔術師が飛ぶ、というのも面白い。縦横無尽に宙を舞い、火球から逃げ回っている。

そして逃げ回りながらも、時折輝く線が放たれる。

あれは光魔術「聖光線《ラ・セラ》」のようなものだろう。

空を逃げる水に対し、地面を支配する火。
火の魔術師の制御能力は、教師顔負けだ。
奴《やつ》には水の攻撃が当たっている。
だが、怪我をしてなお魔術の操作と制御を続けられる精神力は、尋常ではない。
水の攻撃は、派手さはないが相当ダメージが大きい。
そんなものが雨のように降ってくるのだ。
自身の魔術を制御しながらすべてを避《よ》けるのは不可能。
急所だけは避けているが、着実に傷が増えていっている。
「――ここらか」
そう呟《つぶや》いたのは、「異影箱」の中から見ている魔女である。
それから程なく――水の攻撃が、火の魔術師の右目を貫いた。
魔女は唸《うな》った。
眉間《みけん》に当たりそうだった一撃を、ギリギリで避けた。
今のはよかった。
極限状態にありながら、なお勝負を投げようとしない気持ちが表れていた。
帝国貴族の誇りを感じた。
負けが許されない皇子の執念を感じた。
だが致命傷である。
ここらで止めねば死ぬだろう。

そう思っている内に、飛び回る水の魔術師を、火球が捉《とら》えた。

燃えながら落ちていく。

あれももう終わりだ。

――ここらで決着だ。

「双方手数が足りないのう」

ニヤリと笑い、指を振る。

眼下の若い魔術師たちは、突如現れた「黒い箱」に覆われた。

――そして、ボロボロになった二人が、魔女の目の前に現れる。

「影」を繋《つな》いで移動させたのだ。

「……おや。もう死んでるねぇ」

今、仲良く二人の生命反応が消えた。

どうやら保護が少しばかり遅れたようだ。

水の魔術師は、火傷《やけど》もひどいが、落ちた時に首の骨を折ったらしい。

火の魔術師は、右目を貫通した水のせいだ。そうじゃなくても体中に穴が空いていて、出血量が多い。目に食らわなくても助からなかったかもしれない。

クックックッ、と魔女は楽しげに笑う。

これまで何度か「死んでも治す」とは言ってきたが。

本当に死んだ者は久しぶりだった。

実に愉快。

ここまでやるほど魔術に入れ込む者など、昨今珍しい若造どもだ。

「――これでよし、と」

魔女が魔術を使うと、二人の鼓動が戻った。

まるで時を戻したかのように、息を吹き返した。

二人を蘇生《そせい》させて、また「黒い箱」に入れて、今度は医務室に送っておいた。

これで楽しい時間は終わりだ。

一応見ておくか、くらいの気持ちで来たが、思ったより楽しめた。

今はこれで充分。

これからの成長に期待するばかりだ。

そして魔女――グレイ・ルーヴァは、その場所から消えた。

◆

「……」

起きるなり、まず右目を確認する。

治っている。

問題なく見えるし、違和感もない。

――よかった、とジオエリオンは思った。

自分はどうなってもよかった。それこそ死んでも納得できたが、納得しない身内が騒ぐ可能性があった。

帝国の皇子というのも、面倒が多いのだ。

自分の我儘《わがまま》に付き合わせたクノンに、これ以上の迷惑は掛けたくない。

だから、よかった。

目に見える怪我や傷跡さえなければ、なかったことにできるも同然だ。

「おう、起きたか」

「身体《からだ》に不調はありませんか?」

恐らくここは医務室だろう。

視線を向ければ、友人兼護衛のガスイースとイルヒの姿があった。

中年の女性……恐らく治癒のできる教師と一緒に、テーブルを囲んでいた。

「ああ、もう大丈夫だ。……クノンはどこだ?」

ふと隣のベッドを見たが、空いている。

この部屋にはいないようだ。

「聖女様の教室に運ばれたであります。治療もそちらでするそうです」

「そうか。無事なら構わん」

ベッドから起き出し、護衛たちが用意したのだろう服を着る。

元の服は穴だらけだし、血の痕《あと》も付いているはずなので、もう着られない。

「ジオ様」

イルヒに声を掛けられ、視線を向ける。

「楽しかったでありますか？」

愚問である。

ジオエリオンはフッと笑い、応えた。

「もちろんだ。いつものように楽しくなさそうに見えたか？」

イルヒは「全然」と首を横に振る。

「戦っている時のジオ様は、自分たちでも見たことがないくらい楽しそうでした。正直妬《や》けたでありますす」

「妬くな。いつもつまらなそうに見えても、俺はそれなりに楽しんでいるさ。――帰るぞ」

少々身体が重い。

魔力を使いすぎたし、ついでに血を流しすぎたせいだろう。

だが、心の中は晴れ晴れとしていた。

楽しかった。

久しぶりに、なんの遠慮もなく、力いっぱい魔術を使った。我慢もしないし遠慮もしないで、全力で使った。

そして、それに応えてくれる者がいた。

己の全力でも潰せなかった同年代がいた。

だから非常に気分がいい。

「では自分はクノン殿の様子を見るついでに、帰ることを言付けてきます。ガース、ジオ様を頼みます」

イルヒを見送り、教師に礼を言い、ジオエリオンとガスイースは医務室を出た。

「なあガース」

「なんだ」

「クノンには許嫁《いいなずけ》はいるのか？」

「ん？　……いや、どうかな。普段のナンパな態度からしていないいんじゃないか？　そうじゃなければ、貴族の息子がよその女にちょっかいなんて出さないだろう」

「そうか。……アウロラの婿に。どう思う？」

「身内を使って縁者に迎える気か？　許嫁はいないと思うが、ヒューグリア王国が貴重な魔術師を他国に渡すとは思えないな」

「……そうだな。血を失いすぎたせいか、つまらん事を思いついてしまった」

「そんなに気に入ったか？」

「ああ。俺が女だったら、あるいはクノンが女だったら。

絶対に逃がさなかったと思う」

――いずれまた再戦を。

あれほど痛い目に遭っておきながら、ジオエリオンはもう次を考えていた。

この執着心はなんなのか。

自分でもわからない。

もし異性同士なら、この気持ちを恋と呼んだのかもしれない。

それくらい、クノンのことばかり考えている。

「そうか。よかったな、男同士で」

「まったくだ」

他国の魔術師同士。

そして互いに王侯貴族。

これで男女の仲になっていたら、ものすごく揉《も》めているところだ。

第二話　単位問題

「あっ」

大きなトマトを観察している時、クノンは気づいた。

とっくに魔術学校生活一年目の半分が過ぎていることに。

「――これで私の単位は完了です」

いや。

気づいたというか、聖女が気づかせてくれた。

昼食がてら、クノンは聖女レイエスの研究室にやってきた。もちろん仕事の確認のためである。

その時の世間話で気づいた。

「品種改良は奥が深いですよ。たとえばそのトマト、とにかく甘いのです。これが世に出たらと思うとわくわくして眠れなく――」

聖女ご自慢の大きなトマトの話は続くが。

クノンの頭は、己の単位のことでいっぱいになっていた。

――果たして今、自分はどれだけ単位を得ているのか。

特級クラスは、一年間に十点の単位を求められる。もし取れなければ二級クラスに行くことになるのだ。

開発予定である「魔術を入れる箱」の件は忘れていない。

それゆえに半年で単位を取り切る、というのを目標にやってきたが……

暦にも時間にも無頓着《むとんちゃく》なクノンである。

正直、前半はあまりペースを考えずに活動してきた。

それに加えて、ジオエリオンと知り合ったことで、予定が少しズレ込んだ気がする。

彼との出会いは予想外だったから。

予想外に楽しくて、予想外に時間を注《つ》ぎ込《こ》んでしまった。

まあ、後悔はないが。

ちなみに聖女は、数々の野菜や薬草の栽培・品種改良にて、全単位を取得済みだそうだ。

週一で鉢植えが増えている気がしたのは、気のせいじゃなかったらしい。

「そういえば、クノン君は単位どれくらい取ってるの？」

「私とリーヤは半分くらいだ」

そして、今日はたまたま同期リーヤ・ホースとハンク・ビートも、聖女の研究室に来ていた。

時々ここで一緒に昼食を摂《と》る。

それが、今年の特級クラス一年生の約束事のようになっていた。

近況報告をしたり、雑談をしたり、相談を持ち掛けたり。

派閥で別れて一緒に活動する機会はめっきり減ったが、付き合い自体は普通に続いているのだ。

「僕は……どうだろう。なんか手紙が届いたりはしてたけど」

単位取得を証明する手紙である。

実績に応じて、家や研究室に届けられるのだ。クノンは研究室に届くよう手配してある。

クノンも何度か受け取っている。

受け取った記憶はある。

そして記憶が確かなら、研究室の机の引き出しに突っ込んでいるはずだ。

開封もしないで、そのまま。

大抵レポート作成や覚書の清書や読書などに夢中になっている時に届く。

なので、ほとんど無意識で受け取って、どこぞにしまいこんでいた。

この半年、単位取得のためにいろんなことをしたのは確かである。

その中には、成果や実績と言えるものもある。

が、結局その成果を確認していないまま、今に至る。

「すぐ確認してみるよ」

クノンは思い出せる限りの活動を数えてみた。

恐らく、十点はまだ取れていないはずだ。

ここからは単位取得を最優先し、一刻も早い「魔術を入れる箱」開発に取り組みたいところだ。


「あ、クノンに相談があったんだが」

「え？」

ここに来た目的である霊草の生育状況の確認は、もう済んでいる。

今は単位が気になるので、一度自分の研究室に戻ろうかと思ったその時。

ハンクにそんなことを言われて引き留められた。

「ほら、『水分を奪う箱』ってのを開発してただろ？　その件どうなったか気になってて」

「一応もうできてるよ。まだ試作段階なんだけど」

水分を奪う箱と、完全密閉する箱。

霊草シ・シルラを使った薬を保存するためのものだが、完成自体はすでにしている。

今は、あらゆる耐久力のテストをしている段階だ。

いつまで効果があるのか、どんな環境でも有効なのか。肝心の効力もどれくらいのものなのか。

そんなことをチェックしている。

そして改良、あるいは補強などを加え、ようやく完成となる。

元が保存箱なので、ちゃんと中身の保存ができているかどうか。

とにかく時間をかけて調べる必要があるのだ。

まとめて言えば、経年劣化の観察をしている最中なのである。

中の薬の状態や箱そのものの状態も、調査対象だ。

「君とやっていたベーコン作りから始まって、今は干し肉作りにハマッてるんだ。その箱があれば保存が利くだろ？」

「あ、そうなの⁉　僕専用のベーコンもまだ作ってる⁉」

「クノン専用のじゃないが作ってるよ。評判もいい。あれで店持てるんじゃないかって何人かに言われた。店やるなら出資してもいいって」

「僕も出資する！」

「やめろよ。特級クラス出身の魔術師が加工肉屋になるのは、さすがに志が低い」

低いだろうか。

クノンはそう思わないが、しかしハンクの言い分もわかる。

魔術師は貴重である。

特級クラスで卒業すれば、頭に「優秀な」が付く。

そんな魔術師が、まさか加工肉の専門家に。

確かに、誰かに魔術師の無駄遣いだと言われそうではある。

「メインじゃなくてもいいんじゃない？」

「ん？」

「副業でお店を持つ、商売をする。そう考えたらなしではないと思うけど」

「あ……そうか。副業って手もあるのか」

貴族界隈《かいわい》では副業も珍しくないが、庶民出のハンクは「店を持つ＝就職」と考えていたようだ。

軽くハンクの相談に乗って、クノンは自分の研究室に戻った。


で、だ。

「えーと……」

学校から届いていた手紙を開封し、中を確認する。

中身はカードである。

一枚が一点という、単位を示すカードである。

クノンの名と、何に対する単位か簡単に記されており、魔術学校の印が押されている。

そのカードを机に並べてみる。

リーヤ・ホースの飛行実験のレポート。一枚。

レイエス・セントランスとの霊草栽培の共同実験。二枚。

ユシータ・ファイ以下数名との水中で活動する共同実験。一枚。

水属性による飛行方法。一枚。

以上。

合計五枚である。

「ふうん……」

これに、「実力の派閥」代表ベイルとジュネーブィズの三人で開発した魔道具「薬箱」に関する単位。

それと霊草シ・シルラを使った傷薬の単位も入るだろう。

この二つは現在テスト段階なのだ。まだ提出できないので、今は成果に数えられない。

それを加えるなら、

「七点か八点くらいかな」

と、そんな感じになる。

あと三点。

何をするべきか。

「……サトリ先生に相談してみようかな」

確か、教師の助手や手伝いでも単位が貰《もら》える、という話だったはず。

今すぐ実績になりそうな案は思いつかないので、恩師に頼ってみてもいいだろう。ジェニエにも相談したいし。ジェニエの顔も見に行きたいし。見えないけど。

「よし」

方針を決め、クノンは立ち上がった。


「――ああ、単位か。まだ焦る時期じゃないと思うがね」

早速クノンは、サトリの研究室を訪ねてみた。

彼女は今、水草の実験をしているようだ。

水槽の中を観察しながら書き物をし、意識半分でクノンの話を聞いている。

「やりたいことがありまして。でも時間が掛かりそうなので、前半の半年で単位を取り切ることを目標にしていたんです」

「そのやりたいことってのを、残りの半年でやろうって腹か」

「そうです。それであと三点ほど欲しいなと……その実験は何ですか？　サトリ先生と同じくらい魅力的な実験に見えてしまうんですが」

本題ではない。

だから聞くまい聞くまいと思っていた。

だが、ついに我慢できなくなり、クノンは聞いてしまった。

彼女が何をしているか、聞いてしまった。

仕方ないだろう。あの世界的に有名な水魔術師サトリ・グルッケの実験である。

気にするな、という方が無理だ。

「こいつか？　こいつは水踊虫《すいようちゅう》だよ。生態の観察をしているのさ」

「すいようちゅう？」

聞いたことがない名だ。

動植物の図鑑はたくさん見てきたが、クノンの記憶にはない生き物だ。

「知らないのも無理はないさ。遠くから取り寄せた、まだまだ無名の虫だからね」

「虫？　虫なんですか？」

クノンの意識と身体《からだ》は、サトリの隣まで吸い寄せられた。

まさに火に誘われる虫のように。

「……虫？」

近くで見ても草にしか見えない。

水槽の水面《すいめん》に浮かぶ草そのものだ。

そろそろ春めいてきた昨今ではまだ見られない、青々とした普通の草に見える。「鏡眼」ではそう見える。

「上からじゃなくて横から見てみな」

水草の根っこを見ろ、という意味だ。

クノンは少し屈んで、水槽を横から観察し――

「あ、なるほど」

そこに根はなく。

ナナフシのような細い足が六本伸びていた。

クノンが観察している時、サトリが水踊虫をペン先でつついた。

すると細長い足がゆったりと水を掻《か》いて、ゆっくり水面を流れていく。

速度は遅いが、泳いでいる。

本当に虫のようだ。

「へえ……擬態ですか？」

「そうだね。環境によって葉の色も変わるらしいから、擬態能力と言っていいだろう。でね、こいつの面白いところは、水の中の不純物をエサにしているところなのさ」

不純物。

普通の水にはいろんなものが入っている。

同じ水と一口に言っても、場所によって味も匂いも全然違うのだ。

「どういう意味かわかるかい？　ちなみにジェニエはわからないと答えたがね」

「うーん。不純物を食べるっていうなら……水を綺麗《きれい》にする生物？」

「正解。――おいジェニエ、あんたの生徒は優秀だねぇ」

机で静かに書き物をしているジェニエは、サトリの嫌味など聞こえないふりをした。

「虫ってのは適応力が高い。少しずつ毒に慣らして、水に混じった毒をエサにする水踊虫ができないかって実験をしたいんだよ。

毒素を含んだ水……まあ毒を仕込まれた井戸なんかだね、そこに放ってみたら人が飲める水になるかもしれない、って話さ」

面白い実験である。

聞く前からわかっていたことだが、案の定面白い実験だった。

「ついでに毒消しなんかも作れそう？　いろんな毒に順応する力があるなら、その力を抽出できそうじゃないですか？」

「フン。優秀すぎるのも可愛《かわい》くないねぇ」

流れるようにサトリの実験に夢中になってしまったが、さておき。

「単位か。あたしの手伝いで何点かやれるけど、最短でも二週間で一点だよ。そういう決まりなんだ」

一区切りつけたサトリは、クノンと一緒にテーブルに移った。

「つまり、二週間お手伝いすれば一点くれると」

「やるよ。こき使ってやるとも。

でも特級の連中からすれば、二週間で一点は効率的じゃないだろ？　それこそ楽して単位が欲しいはずだ。かつてはあたしもそうだったしね」

ユシータも似たようなことを言っていたな、とクノンは思った。

彼女は、クノンを「水の中で呼吸する方法」の実験に誘ってくれた。

楽に単位が欲しい、と言いながら。

だが、しかし。

いざ蓋《ふた》を開ければ大掛かりな実験となり、少々国際問題にもなりかけた。

まあ、あれはあれで楽しかったが。

「サトリ先生の手伝い、純粋に興味もあるんですけどね」

クノンの本音を言えば、二週間で単位一点でも構わない。

サトリの傍《そば》でいろんな話が聞ける。

こんな貴重な体験なら、単位なんて貰えなくてもいい。なんならお金を払ってでも交ぜてもらいたいくらいだ。

だが、今は難しいだろうか。

「実力の派閥」代表ベイルには、そのつもりで話を通しているのだから。

あまり詳細を詰めてはいないが、彼も半年を目途に単位を取っているはずだ。

二週間で一点。

三点取るなら、一ヵ月以上。

これはさすがに拘束時間が長い。

「理想としては、二週間の手伝いと並行して何かしらの実験をする、というのがいいかもしれません」

これで、二週間で二点だ。

サトリの手伝いだって、さすがに四六時中の泊まり込みで、とは言わないだろう。

簡単な実験なら、空き時間で何かできるはずだ。

「まあ、自分で無理のないペースでやるなら、なんでもいいと思うけどね。

しかし問題は何をするかだ。

「あまり時間の余裕をあげるつもりはないよ。こき使ってやるからね。で、なんの実験をするか候補くらいはあるのかい？」

そこだ。

水踊虫の話を聞いた時、なんとなく発想が繋《つな》がった気がしたのだ。

「まだ思いつきですが、水耕方面はどうかと思っています」

ついさっき見た、聖女の野菜と。

ついさっき知った、水踊虫の特性と。

クノンの中で、この二つの話が綺麗に重なったのだ。

どうも聖女の話では、野菜の栽培・品種改良方面は、かなり楽に単位が取れているらしい。

ならばきっと、水耕関連でも単位を貰えるはず。

いや、少し語弊があるか。

単位取得が楽なのではなく、彼女の能力が、才能が、そちら方面に異様に強かった、というべきだろう。

楽ではなく向いていた、得意分野だったのだ。

「畑や農作物なら、ずっと付きっきりじゃなくてもいいですし。成果があれば世のためにもなりますし」

聖女もまだ水耕には手を出していないはずだ。

最近めっきり農業に強くなった彼女がいれば心強いし、この案件なら、誘ってみれば乗ってくる可能性は高いと思う。

彼女もまた、農業の一つである水耕に興味があるだろうから。


サトリと話した翌日。

「さすがクノン。目の付け所が違いますね」

「そう？　まあ目は見えないんだけどね」

クノンは早速、聖女の研究室にやってきていた。

水耕栽培の共同実験の話をするためだ。

「今日は特に左こめかみの銀髪が美しいね」などと軟派な挨拶《あいさつ》もそこそこに。

さっさと本題に入ると、聖女は「目の付け所が違う」と唸《うな》った。

「水耕栽培にも興味はありますよ。

しかし今年度はもう単位を取り切っているので、進級してから挑戦しようかと思っていました。

今は他にやりたい実験もありますし、そこまで手を広げるのは尚早かと」

そうだった。

聖女はすでに進級の条件を満たしている。

言わば、単位競争を早々に勝ち抜けた勝者なのである。勝ち組なのである。もう好きなことをしていていいのである。羨ましいことこの上ない。

「僕も単位が欲しいんだ。でも付きっきりじゃない実験じゃないと時間が取れなくてね」

「だから農作物に目を付けたわけですね」

環境を整え、種を植える。

あとはよく観察し、成長を待つだけでいい。

つまり、付きっきりで見る必要はない。要所要所を押さえるだけで充分だ。

「あ、ところでレイエス嬢。水耕栽培って僕がイメージしていたのと違ったんだけど、君はわかってるよね？」

クノンは昨日、水耕について調べた。

そうしたら、驚いたことに、想像していたものと大きくかけ離れていたのだ。

「わかります。水田のように思われがちですが、別物ですよね」

そう、水耕と水田は別の存在である。

聖女と交渉するため、少し調べたのだが。

最初から想像とはかけ離れた全く別の物だとわかり、驚いたものだ。

水耕とは、簡単に言えば、土を使わない栽培方法のことである。

土に根を下ろさせず、水の養分だけで育てるのだ。

クノンは水田と勘違いをしていた。

水田は、水を張った畑の土に、苗を植えるものだから。

しかしまあ、単位が貰えるなら、水耕でも水田でもどちらでもいい。

「やっぱり気が進まない？　無理なら諦《あきら》めるけど」

「本音を言いましょう」

聖女は胸を張って言った。

「最初から強い興味と関心しかないですね」

こうして、水耕栽培の共同実験がスタートした。

「こちら、農業関係を専門に研究しているキーブン先生です」

実験を開始するにあたり。

まずは水耕栽培に詳しい人に話を聞こうと、聖女の案内で、とある教師の研究室へやってきた。

キーブン・ブリッド。

三十五歳のがっちり大柄で、伸ばしたヒゲがワイルドな中年男性である。

汚れてもいい簡素な服装といい、整えていない髪型や伸ばし放題のヒゲといい、一見して農夫感が出ているものの。

しかし粗野に見えないのは、その鳶色《とびいろ》の瞳《ひとみ》が理知的に輝いているからだ。

聖女の研究室と同じく、この部屋にも鉢植えがたくさん置いてある。

かすかに香る花の香りと、濃い緑の香りが部屋に満ちている。

それは生命の匂いでもある。

「初めまして。クノンです」

「ああ、君のことは知ってるよ。俺はキーブン・ブリッドだ。よろしくな」

落ち着いた、低く渋い声が返ってくる。

きっと身形《みなり》を整えたらなかなかの紳士っぷりに違いない、とクノンは思った。

——光属性の教師スレヤ・ガウリンの紹介で出会い、今一番お世話になっている先生だ、と聖女は簡単に説明する。

クノンに対するジェニエ、サトリのような存在なのだろう。

「それで？　レイエス、今日はなんだ？　また野菜の種が欲しいのか？　それとも相談か？」

「水耕栽培について聞きたいのですが」

「お、興味が湧いたか？　実はそっち方面は俺の魔術がいまいち有効活用できなくてな。まだわからないことも多いんだ」

キーブンは土属性だ。

しかし水耕栽培は土を使わないので、土による管理や調整ができないそうだ。

「そっちもレイエスが研究してくれりゃ俺も助かるよ」

――キーブンは今、手を広げ過ぎたせいで、新しい種を育てる余裕がないそうだ。

「困った困った」と豪快に笑う。

然《さ》して困った様子でもないのは、今が充実しているからに違いない。

「二週間くらいで成長しそうなものはありますか？」

「あるよ。ある香草なら二週間くらいで育つ。ただ今は時期じゃないし、水耕栽培できるかどうかも定かじゃないぞ」

「わかりました。その種を譲ってください。それと基本的な水耕栽培のやり方を教えてください」

聖女の「結界」は、魔を遮断する効果がある。

――そして、あまり知られていないが、多少の豊穣《ほうじょう》の力もある。

これは聖女自身も最近気づいたことだ。

一応聖教国に伝わる教典には、過去の聖女にはそういう力を持つ人もいた、とはあったが。

しかし聖女なら全員持っている力というわけではない、とも記されていたから。

だからレイエスも勘違いしていた。

豊穣の力は、自分にはないと思っていたのだ。

霊草シ・シルラから始まり、様々な植物に触れた結果、判明したことである。

「結界」の範囲を狭くすることで、豊穣の力が強くなるようだ。

魔術学校に来るまでは、使う時はだいたい家一軒分くらいの大きさ。

そして長くても半日くらいしかキープしなかった。

だからこれまで気づかなかったのだ。

もし土いじりを始めていなければ、一生判明しない能力だったかもしれない。

——要するに、レイエスなら時期じゃなくても育てられる、ということだ。

「そういや金の問題は片付いたんだよな？」

「ええ。毎月問題なく暮らしています」

聖女とクノンが友達になった一件でもある。

あれ以来、お金の問題はない。

「そうか。香草もいい金になるぞ。まあ霊草ほどじゃないがな」

「それはいいですね。お金はいくらあってもいいですからね」

——なんだか聖女が頼もしい。

キーブンとの話は任せて、クノンは二人の交渉風景を見ていた。

——なんだかしっかりしてるなぁと。

どこがどうとは言えないが、半年前に会った時より、今の聖女の方がしっかりしていると思った。

クノンも成長しているように、彼女も成長しているのだ。

ハンクやリーヤも成長しているだろう。

もう半年会っていないミリカも、きっと。


試しにやってみる。

その結果、想定していない驚きと発見があった。

他の人はわからないが、クノンにはこれが多い。試しにやってみて、思いのほか得るものがあって。

少しだけと言っては継続して、あるいは脱線して。

だから実験から実験へ繋がり、結局時間が長引く。

そんなことが頻繁にある。

「これは面白いな……」

新たな水の世界を垣間見た気分だ。

これまで色々、散々、水に関して思いつく限りのことはしてきたつもりだったが。

甘かった。

まだまだ水の深淵《しんえん》には程遠いことを自覚した。

自分なんて魔術師として青二才もいいところで、今はただの良識ある小さな紳士でしかないのだ、と。
——水耕栽培の実験を始めた、翌日のことだった。
「興味深いですね。これはどういうことでしょう？」
「わからない。でも僕も興味深い」
聖女の研究室に用意した、真新しい小さな鉢植えは三つ。
いや。
鉢植えというよりは、透明なコップと言うべきだろう。
一つずつ「結界」で包まれて、宙に浮かぶそれらを前に。
肩を並べているクノンとレイエスは、出てきた芽を仔細《しさい》に観察していた。
三つとも芽が出ている。
つまり、栽培方法としては、これで間違っていないのだろう。
しかし問題は。
芽吹いた三本が、それぞれまるで異なる草のように見えることだ。
「水の栄養素だけでこんなに違うのですか」
水耕栽培は土を使わない。養分はすべて水と光で賄うことになる。
適量の綿に種を植える。
水を満たしたコップに浮かべて、完成だ。
綿が吸った水を養分に種が発芽する、という仕組みである。
植えた種は、アギラン。

胡椒《こしょう》に似た種を多くつけ、甘味に近い香辛料として使用される。香辛料だけに風味の癖がかなり強く、はっきり好みが分かれるそうだ。

好きな人は好きらしい。

だがクノンは食べたことがない。名前だけは知っていたが、実物を見るのもこれが初めてだ。

香草の一種として扱われ、一週間くらいは普通の草のように伸びる、と聞いていた。それからアギランの実が育ち、種が採れる。ちなみに実はおいしくない。

――というのが、土魔術師の教師キーブン・ブリッドの説明だった。

「成功ではあるよね？」

「芽は出ていますからね。成功ではあるはずです」

ただ、引っかかるものがあるだけで。

キーブンの説明通り仕込んでみたのが、この結果である。

左は、順調に芽吹いたのだと思う。

これがスタンダードだ。

真ん中は、なんだか黒い芽が出た。

非常に黒々としていて、黒光りもしている。

そして右は、成長が非常に早い。

早くも綿を突き抜けて、ひょろりと根が数本伸びているくらいだ。

この水耕栽培、養分となるのは水である。

ここでクノンの出番なのだが、定説がある。

曰《いわ》く、「魔術師の出した水は植物育成に向いていない」というものだ。

説によると、自然水が持つ栄養素を持っていないから、だそうだ。過去の偉人が研究して割り出した答えなので、信憑性《しんぴょうせい》は高い。

では、どうするか？

栄養素がないなら混ぜればいいのだ。

クノンは魔術で出した水に、植物用の栄養剤を混合することを進言した。

一般に知られるものから、魔法薬に使用するような特殊なものまで。

元々そういう実験なので、聖女は反対しなかった。逆に強く推奨した。興味津々だった。

実際に混ぜてみた。

それがこの三種類で、その結果がこれである。

ただ水に別々の栄養剤を混ぜただけで、ここまで大きく差異が出るとは思わなかった。

面白い、とクノンは思う。

これも品種改良と言えるのかもしれない。

「……鉢、増やす？」

これは三つと言わず、五つでも六つでも同時に試せるはず。

混ぜたい薬ならたくさん思いつく。

クノンとしてはサンプルを増やしたいところだが。

「あなたにしては愚問ですね。興味があるならやってみるのがクノンでしょう？」

それはそうだが。

しかし共同実験である以上、片方だけの判断では動けない。

「私はむしろ増やさないわけにはいかなくなった、と判断しますね。どうせ仕込んで経過を見るだけですし、手間もないでしょう」

許可が出た。

「君ちょっといい加減になった？　もちろん魅力的だけど」

前の聖女は、こう、もっと、杓子定規《しゃくしじょうぎ》で冗談の通じない印象があった気がするが。

「柔軟になったと言ってほしいですね。

植物は生き物ですから。こちらが臨機応変に合わせなければいけません」

確かにそうだが。

前のちょっとツンツンしていた聖女が少し懐かしいな、とクノンは思った。

人って変わるんだな、と思った。

良いことなのか悪いことなのかわからないけど人って変わるんだな、と思った。

まあ、とにかく。

こうして共同実験の拡大が決定した。


そんなこんなで二週間後、再びキーブンの研究室にやってきた。

「――俺が言うのもなんだが、もう少し計画的にだな」

調子に乗ったとは思うし反省もしているが、間違ってはいない。

「それでも得るものは多かったです」

そのレポートは、二週間の実験とは思えないほどの厚みがあった。

とんでもなく分厚い紙の束を前に苦笑するキーブンに対して。

堂々と分厚いレポートを提出するクノンと聖女。

――というか、主に聖女。

実験中、聖女の声で、鉢植えは三十まで増えたのだ。

最終的にはクノンが止めたくらいだ。

毎日、淡々と、「増やしましょう」「増やさない理由は？」「それって理論ではなく感情論ですよね？」と詰められた。

止めるのに苦労した。

あれが聖女の暴走というものか、とクノンは戦慄《せんりつ》した。

「興味深い結果が得られました。こちらは香辛料となる種ですが――」

育ち採れた種は、はっきりと栄養剤ごとに味が違っていた。

癖の強い従来のものから。

癖のないほんのり甘いだけのものまで。

なんというか、大きく可能性を感じる結果となった。

この辺の研究を続けたら、欲しい香辛料にそっくりなものが育てられるようになるかもしれない。

「ほう！　はっ、なるほどなぁ！」

聖女の暴走に苦笑していたキーブンだが。

種の味見をしてから、俄然瞳《がぜんひとみ》が輝き出した。

「こんなに違うものか！　こいつぁ面白い！」

「広く知られる栄養剤より、魔法薬を投与したものの方が味の変化が大きいように思います。見た目もかなり違いました。

　形などは一緒なのに、色や成長速度、茎の伸び方は別の種のようでした」

「魔法薬⁉　思い切ったな！　安い魔法薬なんてないだろ！」

「そこはクノンが自作を――」

　二人が盛り上がっているのを、クノンは観察していた。見えないが。

　途中から聖女が実験の方針をリードし始めたので、ほとんど任せていた。

　単位が欲しいだけの自分より、単位抜きでも意欲的な彼女の方が、研究への熱が高いと判断したから。

　というか、行きすぎないように止めていた。

　実験から実験へ向かう動きは自分もよくあるが。

　聖女の場合、更にもっと規模を拡大しようとするから、かなりまずかった。

　あれは後々収拾がつかなくなるパターンだ。

　クノンもたくさん経験してきたから知っているパターンだ。

　本題と主旨を忘れる動きだ。

　実験は区切り区切りをつけないと終わらなくなるものだから、ちゃんと終わらせる方向へ導いた。

　面白い結果も得られたので、クノンとしては満足だ。

　ただ、思うことは。

アギランの水耕栽培は、まだ入り口に立ったくらいのものだ、ということだ。
たとえるなら、試しに掘ってみた鉱山から少し鉄が出た、くらいのものである。
奥底まで掘り進めたら、何が出てくるのか。
きっととてつもない時間と労力が掛かるだろう。
クノンも興味は尽きないが、それればかりやっているわけにもいかない。
聖女はきっと、この先へ進むだろう。
しかしクノンはここまでだ。
手伝いはしたいが、本腰を入れては付き合えない。
聖女を止めるのも大変だったし。
「……でもまあ、様子を見るくらいなら……」
だが、クノンも興味はあるので、聖女の水耕栽培には注目しておこう。

思えばこれが。
これこそが。
後の「第十一校舎大森林化事件」の発端であった。

第三話 「魔術を入れる箱」開発チーム発足

「――はい、ご苦労さん」

サトリの研究室にて。

彼女から差し出されたカードを、クノンは受け取った。

念願の単位カードである。

聖女との共同実験と並行して、クノンはサトリの助手として働いていた。

その期限二週間も、今日で終わりだ。

「本当にこき使ってくれましたね」

昼から夕方まで。

午前中は商売と聖女との研究があるので、午後からにしてもらったが。

その作業量はなかなかのものだった。

主にサトリの口述をメモするのと、覚書などの清書。

口述のメモは、水踊虫《すいようちゅう》の観察における推測や推論、各種データなどの記録だ。彼女が読み上げるものを書き留めた。

それから授業内容の話し合いをした。

サトリは時々二級クラスで教鞭《きょうべん》を執ることがあるそうで、それに関する意見を求められた。

非常に楽しかった。

もはや個人的に、サトリの授業を受けるようなものだったから。

——教師同士としてサトリとジェニエが相談する様子も、とてもよかった。

ジェニエは魔術師としてはパッとしないのかもしれない。

だが、やはり彼女には教育者の才があるのだと、改めて思った。

自分を基準にして、わかりづらいところをわかりやすく噛《か》み砕《くだ》く言葉の選び方に、生徒への気遣いを感じた。

優秀な魔術師が教師に向いているとは限らないように、その逆もあるのだろう。

第一の師の素敵な姿を見て、クノンは胸が熱くなった。

まあ、見えないが。

「なんだい不満かい？」

「全然。時間があって身体《からだ》が疲れなければ、もっとお供したかったです」

やはりサトリ・グルッケはすごかった。

研究室には何度も足を運んでいるが、ちゃんと彼女の実験に付き合ったのは初めてだった。

さすが世界的に有名な水の魔術師だ。

彼女の知識量と発想力は、若輩のクノンなど足元にも及ばない。そう何度も思わされた。

時間さえあれば、このまま傍《そば》で学びたいところだ。

「あと門限がなければ」

もうすぐ十三歳になるが、クノンはまだまだ子供である。

侍女と相談し、門限を設けてあるのだ。夜までには家に帰らねばならない。

「それに関してはあたしも残念だよ。思ったより使える助手だったからね、もう少し付き合わせたかった」

——サトリの本心である。

少々ひねくれたババアである自覚はある。素直に人を褒めるのは苦手だ。

しかし、臨時の助手が存外いい働きをした。

気分がいいので言ってやった。

優れた助手の存在は、実験・研究の速度を上げる。それも安定して、だ。

水踊虫の実験も順調に進み、そろそろ次の段階に入れそうだ。

予定より少し早くここに辿《たど》り着《つ》けたのは、助手がいい働きをしたという証拠である。

時々鋭い意見や質問が来るのもよかった。

うっかり見落としていて、ハッとすることもあった。

悔しいから絶対に表には出さなかったが。さも最初から知っていた風を装ってやったが。ひねくれたババアとして。

「単位が欲しければまたおいで。あんたなら歓迎するよ」


研究室を出て、クノンは帰途に着く。

日中はすっかり春めいた陽気となってきたが、夕方となると、やはりまだ少し寒い。

「さて」

これで単位はだいたい揃《そろ》った。

現段階で、あと一つ足りないかも、くらいのところである。

それくらいならどうとでも調整できるだろう。

またサトリの手伝いに行ってもいいし。ぜひ行きたいくらいだし。

今年度の残り日数は、約半年。

大まかに決めたスケジュールに沿った形となった。

これで準備はできた。

明日から、「魔術を入れる箱」の開発に挑もう。

まずは「実力の派閥」代表ベイルに会いに行って、それから――

クノンはそんなことを考えながら、歩いていく。


そして翌日。

「あ、クノン君だ」

早速「実力の派閥」の拠点である古城へ向かうと、食堂で友達三人とおしゃべりしていたエリア・ヘッソンに見つかった。

「こんにちはエリア先輩。あれ？　今日の先輩って昨日より美人になってませんか？」

「昨日どころかしばらく会ってないけどね」

そんな軽口を叩《たた》きつつ、

「ベイル先輩に会いに来たんでしょ？」

と、クノンが用件を言う前に切り出された。

「いいえ。僕がわざわざ男に会いに来るわけないじゃないですか。当然エリア先輩に会いに来たんです。ベイル先輩はついでに会うだけです」

「ついででも会う予定ではあるんだよね」

ある。

というか、つい女性を優先したようないい加減なことを言ってしまったが。

やはりそっちが本題だ。

「数日前ね、もしクノン君が来たら渡してくれって、先輩から手紙を預かってるよ」

「ベイル先輩から？」

そうだよ、とエリアは手紙を差し出す。

「なんだろう。デートのお誘いだったらお断りだけど」

何気なくそう言いつつ、簡単に封をしてあるだけの手紙をその場で開ける。

改まった手紙ではないので構わないだろう。

「――狂炎王子とはデートしたのに？」

そう言ったのは、エリアとおしゃべりしていた彼女の友達の一人である。

デート。

まあ、一緒に買い物をしたりもしたので、したと言えばしたと言えるかもしれない。

先日の魔術戦がデートみたいなものだ、と言われれば否定もできない。あれはまさに二人だけの世界、二人だけの時間だった。とても楽しくて夢中になった。

「あの方はちょっと特別ですから」

クノンがそう答えると、彼女たちはきゃーっと嬉《うれ》しそうな悲鳴を上げた。

なんの悲鳴だろう、とは思ったが。

しかしそれどころじゃなかった。


「……二週間……」

ベイルの手紙の内容に、少々戸惑っていたからだ。

手紙の内容は簡潔だ。

まだ単位が足りない、あと二週間くらい掛かりそう、頼むから待っててくれ。

――以上である。

クノンも困ったように、ベイルも単位で難儀しているようだ。

これはベイルが怠慢に過ごしていた、というより。

半年で単位十点を取り切る、というのが少々きついスケジュールなのかもしれない。

まあ、忘れていないなら構わない。

二週間くらいなら待っていられるので、準備だけ進めつつ待てばいいだろう。

「……あれ？」

手紙には二枚目があった。

綺麗《きれい》に一枚目と重なっていたので、気づかなかった。

二枚目の内容は――

実験内容は話してないがルルォメットとシロトにも声を掛けてある、誘う気があるなら向こうにも会いに行ってみてくれ。

――以上である。

「……なるほど」

確かにベイルは言っていた。

「実力の派閥」は協力して実験するのに向いてない。

協力するなら「調和の派閥」がいい、と。

それと「合理の派閥」も小人数での実験なら問題ない、と誰かが言っていたはずだ。

幸いクノンは、「合理」代表ルルォメットと「調和」代表シロトの双方に面識がある。

二人にもしばらく会っていないので、会いに行くのもいいだろう。

一応三派閥に属する身でもあるのだし。

すっかり忘れていたが。


「――題材は気になるが、魔道具作製に風属性は役に立てないだろう」

それが「調和」代表シロトの返答だった。

まずやってきたのは、背の低い塔を拠点とする「調和の派閥」だ。やはり会うなら女性からだな、と思った次第である。

サロンを兼ねた食堂に呼び出してもらい、シロトと会うことができた。

派閥のリーダーは忙しい。

急に来て会えるというのは、それなりに幸運なことである。

しかし、首尾よく会えたシロトだが、返答は思わしくなかった。

「……そうかもしれませんね」

シロトの言うことはもっともだった。

いつだったか、「実力」のエリア・ヘッソンも、同じ理由で開発メンバー入りを断ったくらいだ。

何かを作るのに向いている属性は、土だ。

そもそもを言えば、水だって大して向いているわけではない。

クノンの特異な魔術だからこそ、噛み合うように調整できるから通用しているのだ。

土属性が向いていて、それ以外はそうでもない。

一般的にはこの認識で間違いない。

――それと魔だな、とクノンは心の中で付け加える。

「薬箱」の開発の際に一緒に作業したことがある「実力」の魔属性ジュネーブィズは、非常に優秀だった。

魔属性は一時的に物質の性質を変えることができる。これが試行・試作に大いに役に立った。

彼の手伝いはぜひ欲しい。

闇属性はどうだろう。

どうと言えるほど知らないので、なんとも言えない。

光は……聖女から光属性の話を聞いた限りでは、向いてなさそうだ。植物には強いが、物質を加工する技術はあまりないと思う。

「魔術を入れる箱、か。本当に面白い発想だ」

――これがベイルの言っていた題材か、とシロトは思う。

約半年前に、ベイルから「面白い研究題材があるから半年で単位を取り切れ」とだけ言われ。

元々真面目なシロトなので、言われるまでもなく単位は取ったが。

しかし題材が魔道具造りでは、貢献が難しい。

いくら気になる研究であろうと、向いていないものに立候補するのはまずい。足手まといになるだけだ。

となると、だ。

「『調和《うち》』の土属性に話してみようか？　きっと何人かは喜んで協力すると思う」

手伝う形を少し変えることにした。

題材は面白いし、気になる。

だから協力はしたいところだ。

「そう、ですね……人員選びはベイル先輩と相談して決めた方がよさそうかな」

クノンは、自分が主導で開発しようとは思っているが。

周りと合わせる気はない、なんてことは考えていない。

むしろ、できる限り周囲と足並みを揃え、同じ方向へ進みたい。

それこそが共同作業である。

だからこそ、進む速度は一人でやるより速いのだ。

あの自分勝手な第二の師ゼオンリーでさえ、クノンの意見はそれなりに聞いていたのである。

周りの人に頼る。

他人頼りと言えば、聞こえは悪いかもしれない。

だが、それはとても大事なことだと思う。

「そうか。それがいいかもな」

「もしもの時は女性の土魔術師を紹介してくださいね」

「わかった。『調和《うち》』に優秀な男がいる。それとなく声を掛けておく」

「……男……」

少々がっかりしつつ、クノンは「調和の派閥」を後にした。


「――ああ、面白い試みですね。魔術を入れる箱ですか」

シロトと別れた後。

クノンはその足で「合理の派閥」の拠点である、地下施設へやってきた。

「合理」代表ルルォメットは、運よく自分の研究室にいた。

整頓《せいとん》された部屋まで会いに行き、話を持ち掛ける。

「しかし残念ですが、今後の予定はすでに立っています」

――ベイルに言われて、半年で単位を取ったルルォメットだが。

残念ながら、協力はできなくなってしまった。

「予定ですか？」

「ええ、私も実験したいことができました。それが最短でも三ヵ月は掛かると見積もっています」

なるほどそれは邪魔できないな、とクノンは思った。

「ちなみに何の実験を？」

「闇の精霊を呼び出そうかと」

「えっほんとに⁉　すごい！」

精霊。

それは、自然の中に存在すると言われる未知の存在だ。

過去、「見える者はいた」という記録はあるが。しかし限られた者しか見えない以上、どうしても信憑性《しんぴょうせい》は揺らいでしまう。

人の魔力を食べて魔術を放ってくれる存在、だとか。

魔術師は精霊を体内に飼っているから魔術が使える、だとか。

そもそもそんなの存在しない、だとか。

様々な説がある。

魔術師界隈《かいわい》で有力な説として、「命を持った魔力の塊」と認識している者が多い。

精霊は見えない。

何も見えない、何もいない。

でもふと謎の魔力を感じることがある。

この正体不明の魔力が精霊じゃないか、という説である。

「図書館の奥で見つけた古い文献に、精霊を呼び出す方法が書かれていました。学校に確認したところ、教師同伴なら召喚の儀式をしてもいいと許可が下りたので」

なんと。

とても気になる実験である。

「それ気になるなぁ！」

精霊とは何なのか。

世界の謎に迫る実験である。

魔力とは何なのか。

その答えに近づくかもしれない実験である。

こんなの気にならないわけがない。

「そうでしょう？　クノンの開発も気にはなりますが、そもそも魔道具を造るのに私が力になれるかどうか」

「闇は向かないですか？」

「魔道具関係は関わったことがありません。なので何とも言えませんね」

つまり、向いているにしても魔道具造りは素人だ、ということだ。

魔術を入れる箱。

似たような魔道具がない現状、一から始めることになる。

正直、難易度はかなり高いと思う。

「わかりました。何かあったらお手伝いを頼んでもいいですか？」

できれば、多少は魔道具造りに携わったことのある人がチームに欲しい。

だからクノンは、ルルォメットの勧誘を諦《あきら》めた。

「もちろんです。私の力が必要だと判断したら、遠慮なく声を掛けてください。

わずかでも開発に関わりたいという気持ちはありますからね」

ついでに、もしかしたら「合理」から優秀な土属性の人を勧誘するかもしれない、という話までして。

クノンは「合理の派閥」を後にした。


「――よし」

地下施設から地上に出てきたクノンは頷《うなず》く。

とりあえず、交渉の結果、人員確保はしやすくなった。

まだ研究は始まっていないので、今はこれでいいだろう。

ベイルが動けるようになるまで、約二週間。

その間に、準備を整えておこう。

クノンはそう決めて、サトリの研究室へ足を向けた。

――「魔術を入れる箱」を開発する場、新たな研究室を申請するために。

◆

「――待たせてすまん。始めよう」

開発用に借りた研究室に、単位を取得した「実力」代表ベイルがやってきて。

ようやくクノンたちの共同開発はスタートした。

まずは人選の相談だ。

二人だけで開発するのは難しいし時間も掛かってしまうので、何人か協力者を集めたい。

「ジュネーブ先輩を呼びませんか？」

真っ先にクノンが上げた名は、「実力」のジュネーブィズである。

ぜひ欲しいと思っていた魔属性の彼だ。

珍しい属性持ちは基本忙しい、とは聞いている。

聖女を見ればわかる通りだ。

まあ、彼女の場合は自ら仕事を増やしているようなものだが。自分で自分の首を絞めるがごとく。

だから敢《あ》えて自分からジュネーブィズに声を掛けることはしなかった。

「よかった。実はあいつにはもう声を掛けてある。明日連れてくる」

僥倖《ぎょうこう》である。

ベイルの返答は、約二週間の遅れを充分取り戻すに足る内容だった。

「いやあ、クノンがあいついらないって言ったらどうしようかと思ったぜ。ほら、あいつ癖が強いから」

確かに癖は強い。

ジュネーブィズは、ついつい笑ってしまう癖がある。

そのせいで対人関係はよく揉《も》めるそうだ。

「僕あの人嫌いじゃないですよ」

人を小ばかにしてる感はすごくあるが。

でも、彼の魔術の腕は確かである。

特に魔属性の魔術は、クノンは今でも興味津々である。

そして、少なくともジュネーブィズの笑い声で「煽《あお》られてるのかな？」と感じることはあっても、態度で引っかかったことはないから。

本人にはそんなつもりはない。

その言葉を信じるだけだ。

クノンには、彼の背後に憑《つ》いている黒髪の女性も見えている。そのことも、彼を信じる気にさせる一因だった。

「そう言ってくれるとありがたい。あいつは本当に人に嫌われやすいし誤解されやすいから……ちょっと不憫《ふびん》なんだ」

わざとじゃないなら確かに不憫だな、とクノンは思った。

――そんな話から始まり。

二人は、三派閥の優秀な土属性持ちの人選をするのだった。


クノンが先に交渉を……いわゆる根回しを済ませていたおかげで、数日と待つことなく、二人の生徒を勧誘することに成功した。

一人は、「調和」のエルヴァ・ダーグルライト。

漆黒の髪と紫水晶の瞳《ひとみ》を持つ、派閥一の美女と言われている女性だ。

人伝《ひとづて》に勧誘したところ、彼女はわざわざ研究室まで来てくれた。

「あら。私のことを憶《おぼ》えていたの？」

「ええ。僕は魅力的な女性は高確率で忘れないので」

エルヴァは、半年前にクノンを「調和の派閥」に誘った女性である。

あれ以来接点がなかった。

なので半年ぶりの再会となる。

――「調和」代表のシロトからは、「男の土属性を紹介する」と聞いていたが。

しかし推薦された彼は、自分の実験に忙しく、今すぐは動けないそうだ。

その彼が他薦で推したのが、このエルヴァである。

クノンは男が来ると覚悟していた。

ベイルとの相談でも、シロトが推した彼の名が挙がっていた。

それゆえの想定外。

この奇なる縁にクノンは大喜びだ。

「先に言っておくわね」

そう言った彼女の視線は、ベイルとジュネーブィズに向いている。

「私、実験が始まったら、すごくダサくなるから。女としては期待しないで」

「調和」で一番の美女と名高いエルヴァ。

しかし大元は魔術師であり、研究者である。

だから、いざ作業が始まれば、見た目など一切気にしなくなる。

つややかで艶《なま》めかしい黒髪もぼさぼさになる。

澄んだ紫水晶の瞳も寝不足で淀《よど》む。

お肌も荒れるし、寝不足と疲労で目の下に隈《くま》もできる。

もちろん爪の手入れなんてしないし化粧もしない、床に雑魚寝だって平気でする、四徹だってい
けるけど命を削って生きてる感はしっかり感じる。

見た目がいいのは、忙しくない時だけだ。

オシャレも嫌いじゃないが、研究最優先の女性である。

——見えないクノンにはあまり関係なさそうなので、見える男二人に言っておいた。

「あー……少し聞いたことあるから、俺は大丈夫」

と、ベイルは答えた。

エルヴァは徹夜でボロボロになる、なんて噂《うわさ》を聞いたことがあった。

きっと美女は美女で色々あるのだろう。

男の目とか男の期待とか。色々。

だが、ベイルは別にどうでもいい。

これでも一応「実力の派閥」の長である。

男だ女だ美女だ美少女だで仲間に気を遣っていては、開発なんて進まないことをよく知っている。

だから、言われなくても特に気にするつもりはなかった。

「ウフッ、フフ、……私の方こそこんな感じなので、フフッ、よろしくお願いしますね。ほんと他
意はないですよ。……ダサいあなたもフフッ、魅力的なんでしょうねっはははは」

と、ジュネーブィズは答えた。

――聞きしに勝る笑い癖だな、とエルヴァは思った。

正直煽られているとしか思えないが。

しかし。

まあ、きっと。

本当に他意はないのだろう。

「ダサい、かぁ……いいですね。

女性を磨くのは紳士の楽しみですよ。ぜひダサいあなたも見てみたいな。見えないけど」

と、クノンは答えた。

まあクノンに関しては概《おおむ》ね想定通りの言葉なので、特に誰も何も思わなかった。


もう一人は、「合理」からやってきたラディオだ。

「……こんにちは。この前の試合観《み》たよ」

十代とは思えないほど大柄で、腹に響く低い声。

誰もが見上げる大男が研究室にやってきた。

そんな彼はまず、クノンに挨拶《あいさつ》した。

「あ、どうも。クノンです」

この前の試合とは、ジオエリオンとの勝負のことだろう。

「……すっかりファンになったよ。握手してください」

「え？　…………あ、はい」

ファンとは？

いや言葉の意味はわかるが。

自分のどこにファンになる要素が？

クノンはよくわからなかった。

しかし、悪い意味ではなさそうなので、まあいいことにした。

きっと自他ともに認める素敵な紳士っぷりに憧《あこが》れたのだろう、と思うことにした。紳士とは人に憧れられるものだから。

「久しぶりだな、ラディオ」

ベイルの声に大男は首を巡らせる。

「……ああ。面白そうな実験に呼んでくれてありがとうな、ベイル」

ラディオは、細工職人の顔を持つ生徒だ。

豪快そうな見た目に反して繊細なデザインを考案し、それを正確に形にするだけの実力を持っている。

すでに細工物で名が売れ、貴族相手に商売をしているのだ。

そんな生徒は特級クラスでも相当珍しい。

普段は自分の実験や開発ばかりで、ほとんど表に出てこない。口下手というのもあり、あまり他者との交流はしたくないそうだ。

誘っても応じることは少ないのだが。

今回は、題材に興味が湧いたのだろう――ベイルらと同じく。

「そりゃこっちのセリフだぜ。参加してくれてありがとな。またおまえの細工技術が間近で見られるなんて嬉《うれ》しいよ」

「……ベイルには負けるが」

ラディオとベイルは同じ土属性で、どちらも三ツ星。

ライバルと言えるほどの接点はないが、双方実力を認めている。

だから、互いに意識くらいはしている。

こうして、「魔術を入れる箱」開発チームが発足した。

代表はクノン。

協力者はベイル。ジュネーブィズ。エルヴァ。ラディオ。

これから増えるかもしれないし、増えないかもしれないが。

この五人から始まった。

ちなみにクノンの「鏡眼」には、エルヴァには左手に黒いトカゲが巻き付き。

ラディオには、銀色の金属質っぽいハリモグラが肩に乗っている姿が見えた。

どちらも土属性である。

開発チーム発足からしばしの時が流れた。

――最初は下心ありきのことだった。

後にエリア・ヘッソンは、そう漏らした。

「実力の派閥」の一員であるエリアは、派閥代表を務めるベイル・カークントンのことが好きである。

それとなく。

いや、思いっきりストレートに好意をチラつかせているが、当のベイルには伝わっているのかいないのか。

進展はあまりない。

嫌われてはいないと思うが、気持ちが伝わっている手応えがまるでない。

これはもういっそ接触を……。

具体的には顔面と顔面の一部が接触するような事故なのか故意なのかわからないが意識せざるを得ないアレが必要なのではないか。

そんな一線を越えるアクションを考えつつある昨今である。

そんな恋する女は、一週間もベイルに会えない状況に、耐えられるわけもなく。

お菓子の差し入れを持って、第十一校舎にある研究室を訪ねることにした。

「――あ、いらっしゃい」

ドアをノックすると、「調和」のエルヴァが迎えてくれた。

ベイルは今、魔道具の開発をしている。彼女もチームの一員なのだ。

同性のエリアが見ても、頭がくらくらしてくるような美貌《びぼう》を持つエルヴァ。

正直ベイルの傍《そば》にいてほしくない女性だが――

「今なら大丈夫よ」

しかしエルヴァ当人は知っている。

エリアが誰に会いに来たのかを。

――というか、特級クラスでは知らない者の方が少ない。

エリアの気持ちなんて、周囲から見れば一目瞭然《いちもくりょうぜん》だから。なんなら二人が恋人になるかどうか賭《か》けまでしている輩《やから》もいるくらいだ。

失礼な奴《やつ》もいるものである。

まあ、邪魔しないだけまだマシか。

ちなみにエルヴァは、魔術師としてはともかく、男としてのベイルには興味がないらしい。

鈍いのはまだ許せるが、鈍すぎる男は許せない。女を傷つけても気づかない愚かな男など論外だそうだ。

「お、エリアか」

想《おも》い人がいた。

彼らは机を寄せ合い、山のように積み上げた本やレポートを読み漁《あさ》っていた。関連しそうな情報を調べている最中なのだろう。

まだ開発チーム発足から一週間。

今のところは、動き出す前の準備中、といったところか。

「こんにちは先輩。差し入れを持ってきました」

「そうか。ありがとな。――なあ、ちょっと休憩しようぜ」

クノン、ジュネーブィズ、ラディオが顔を上げる。

――冷静に見るとすごい面子《メンツ》だな、とエリアは思った。

特級クラスでも有名な実力者ばかりだ。

特に、ラディオが参加しているのはすごい。

貴族相手に細工物の取引ができるほどの腕を持つ彼は、滅多なことでは誰かと一緒に活動しない。

それだけ、この開発が彼の琴線に触れたのだろう。

まあ、己の恋心を除いたとしても。エリアでも気になる開発に取り組んでいるので、わからなくもない。

魔術師として、いや、魔術師だからこそ気になる題材なのである。

「紅茶でいいかしら？」

エルヴァが淹《い》れてくれた紅茶と、エリアが持ってきたチーズハニートーストで、しばしの休憩を取った。


開発チーム発足から一ヵ月が経過した。

差し入れを持ったエリアが、第十一校舎に入ろうとしたその時。

「――そこのレディ、少しいいかな」

「え？」

声を掛けられ、エリアは振り返る。

一瞬クノンかと思ったが、違った。

そこのレディ、なんて呼び方をするのは、身の回りにはクノンくらいのものだから。

「えっと……ごめんなさい、会ったことある？」

同年代くらいの男子である。

整った顔立ちに、芯《しん》の強そうな瞳《ひとみ》。

身形《みなり》もいいので恐らく王侯貴族の出だろう。

見たことのない顔である。

これだけ男前なら、女子の間で噂にならない方がおかしい。「合理の派閥」のカシス辺りが絶対に大騒ぎしているだろう。

「いや、初対面だ。私は二級クラスだから、特級クラスのあなたと接点はない」

だよな、とエリアは頷《うなず》く。

特級クラスは単純に人数が少ないので、派閥で活動している者の顔くらいは全員知っているのだ。

三派閥……いや、「自由の派閥」を含めた四派閥を合わせても、人数は多くない。

「私は二級クラス水の教室一年生のアゼルという。ここは第十一校舎で間違いないだろうか？」

アゼルは自己紹介し、今エリアが入ろうとしていた校舎を見る。

「そうだよ。何か用事？」

「クノンに会いに来た。知っているだろうか？　今年入学した特級クラスの一年生だ。ぜひ取り次ぎを願いたい」

なるほど、とエリアは頷いた。

クノンも水属性の一年生だ。アゼルも同じだというなら、どこかでクノンと知り合う機会はありそうだ。

だが、そう、今クノンは……。

「えっと……それは急用だったり、どうしても会わないといけない用事？」

「……いや、少し話がしたいと思っただけだ。用事というほどの用事はない」

「ああ、そう……じゃあ今はちょっとまずいかも」

「まずい？」

「今、大掛かりな開発実験の最中なの。どれくらい掛かるかわからないし、最長で半年……今年度の残り期間すべての時間を費やすつもりでやってるから。

急用じゃないなら、今はそっとしておいてほしいんだけど……いや、まあ、私が言うことでもないか」

「……」

「クノン君、なんだかんだ言っても男の子にも優しいから。君が来たって伝えたら会ってくれると思うよ。

どうする？　どうしてもって望むなら私からクノン君に話してみるけど」

「――いや、結構だ。私が来たことも話さないでくれ」

と、アゼルは踵《きびす》を返した。

「どうしても帝国の皇子に勝ちたいからアドバイスが欲しかったが……こんな自分の無力さを露呈する用事で忙しい彼を煩わせたくない。

私はここに来なかったし、あなたとも会っていない。そういうことにしておいてくれ」

それだけ言いおいて。

アゼルは返事を待たず、行ってしまった。

「……帝国の皇子？」

狂炎王子のことだろうか、それとも別の皇子がいるのだろうか。

二級クラスのことはよくわからない。

まあいい。

アゼルは「来なかったことにしたい」らしいので、エリアはその意向を汲《く》むことにした。

改めて、第十一校舎に踏み込み、彼らの教室へ向かう。

「――あ、いらっしゃい」

今日もエリアが訪ねると、疲れた顔のエルヴァが迎えてくれた。

一週間前くらいから、目の下の隈《くま》が気になっていたが。

今や誰がどう見てもくっきりである。

「大丈夫？　疲れてない？」

「大丈夫、大丈夫。まだ家に帰る気力はあるから」

それは大丈夫なのか？

わからないが。

本人が大丈夫と言うなら、大丈夫なのだろう。

「お、エリアか。いつも差し入れありがとな」

想い人がいた。

眠そうな顔をして。

エルヴァだけではない。チームの全員が、どこか疲れた顔をしていた。

「――ここの公式ですが、これで合ってます？」

「――……いや……減乗算ではないと思うが、自信がない……」

「――拝見しても？　……アハハッ、なんか文字が霞《かす》んで見えるなぁ。代表これ見て」

本やレポートは、床に積まれて山となり。

机の上には様々な機材が並び出した。

「おう。……ああ、ちょっと休憩にしようぜ。俺も数字が三重に見え出した」

発足から一ヵ月。

彼らはなかなか疲労が溜《た》まってきているようだ。

「紅茶を淹れるわ。砂糖多めに欲しい人は？」

エルヴァが淹れてくれた紅茶と、エリアの持ってきたハニーラスクで、しばしの休憩を取った。


開発チーム発足から二ヵ月が経過した。

今日も差し入れを持ったエリアが、第十一校舎に入ろうとしたその時。

「――そこのレディィ、少しいいか」

「え？」

前もこんなことあったな、と思いながらエリアは振り返る。

やはりクノンではなかった。

前に同じように声を掛けてきた、二級クラスの男子でもなかった。

この学校に「そこのレディ」と声を掛ける男子が、クノン含めて三人もいる。

そのことにエリアは驚いた。

そして、声を掛けてきた相手にも驚いた。

今度の顔は知っている。

「狂炎、王子……」

数ヵ月前にクノンと戦った、帝国の皇子である。

あの一戦はエリアも観戦したので、彼の顔は覚えている。

「貴殿はエリア殿でありますな？」

「あ、はい」

真ん中の狂炎王子に気を取られていたが、彼は男女二人の友人を連れていた。

「自分はイルヒ・ボーライルと申します」

と、女子が言う。

彼らも見覚えがある。

あの一戦の直前に、狂炎王子のすぐ傍にいたから。

きっと友人であり護衛でもあるのだろう。

「最近、クノン殿は如何様《いかよう》に過ごしておられるのか、お教えいただけませんか？」

「クノン君？」

何の用かと思えば。

彼らはクノンに用事らしい。

――何気に男の子にモテるなクノン君、とエリアは思った。

「お知り合いでしょう？　その差し入れもクノン殿にお渡しするのでは？」

まあ、その辺は調べてきたのだろう。

エリアとしても、別に否定する気はない。

だが、ここははっきり言っておきたい。

エリアはすすっと交渉役らしいイルヒに近づき、囁《ささや》いた。

「差し入れはしてるけど、渡したい相手は違うよ？」

クノンに差し入れを渡したいわけではない。

エリアが渡したいのは、エリアの好きなベイルに、だ。

そこは誤解されたくない。

「なるほど。――よかったでありますな、ジオ様。エリア殿の本命は違ったようです」

「何の話だ」

本当に何の話だ、とエリアも思った。

――まあ、きっと嫌いじゃない類の話だろうが。

「えっと、今クノン君は大掛かりな開発実験の最中で」

「そこまでは知っているであります。本人から聞きましたので。

ただ、ここ二週間ほど連絡がないので、心配していまして。ジオ様が」

どうやらクノンと狂炎王子は交流があるようだ。

それも、結構頻繁に会っていたようだ。

――エリアも女の子だ。仲の良い男の子同士というのは、嫌いじゃない類の話である。

「うーん……なんて言えばいいか……」

心配はいらない、ちゃんと生きている。

だが、元気はない。

最近は傍目《はため》に見ても、だいぶ疲れが溜まっている。

エリアとしては、「かろうじて生きている」とでも表したいところだが……。

しかし、心配して来てくれた人に言っていいのか。

「かろうじて生きている」と答えていいのか。

果たしてそれで安心できるだろうか。

いや無理だろう。

むしろ心配が増すだろう。

「まあ……最近はちょっと大変みたい、としか言えないんだけど……」

「らしいでありますな。……それ以外の問題はない、と？」

「ほかの問題はないと思う。単にすごく疲れが溜まっててやることがいっぱいあって、ほかのことが手に着かないだけだと思う――あ、そうだ」

エリアだって彼らの健康状態は気になっている。

だが、あまり頻繁に顔を出すのも邪魔になりそうだ。

だから控えている面もある。

しかし、だ。

やってくる人が変わるのであれば、エリアだけ悪目立ちする構図にはならない。

つまり。

「よかったら君たちから差し入れしてみて。私が来られない日とか、ぜひお願いしたいんだけど」

「ほう。クノン殿の様子が見られるなら、こちらとしても願ったり叶《かな》ったりではありますが。

しかし、我々が特級クラスの施設に入って構わないのですか？」

「確か規則はなかったはずだよ。一応先生にも確認はしてほしいけどね」

「いい案でありますな――ジオ様、エリア殿の案はいいと思います。今度差し入れを持ってきましょう」

「ああ」

どうやら狂炎王子も納得の案だったらしい。

エリアが差し入れを持ってくる頻度を教えて、別れた。

「ありがとう、レディ」

クノンの言うレディとは重みが違う。

そんなことを思いながら、エリアは狂炎王子らの背中を見送った。

さて。

少し時間を取られたが、あらためて第十一校舎へ踏み込んだ。

「――こんにちはー。差し入れ持ってきましたー」

もうノックはいらない。

対応が面倒だから勝手に入っていい、と言われたから。

エリアは許可を得ることなく、勝手知ったる研究室に足を踏み入れた。

「……お、エリアか。いつも悪いな。あんまり気を遣わなくていいんだぞ」

想い人の声がする。

だが姿は見えない。

今日も床で寝落ちしていたらしい。

おびただしい量の本と資料に隠れて、彼の姿は全く見えない。

きっと、ジュネーブィズもラディオもエルヴァも。

この混沌《こんとん》とした本と資料の海に沈んでいるのだろう。

「あ、エリア先輩。いらっしゃい」

と、部屋の外からやってきたのはクノンである。

門限があるので定時帰りしている彼は、皆よりは元気である。

あくまでも、ほかの四人よりは、だが。

眼帯をしているせいで顔半分しか見えない。

だが、それでも顔色が悪いことがわかるくらいには、彼も疲れている。

家に帰っても、資料を漁《あさ》ったり試算したり魔道具構成の計算をしたりと、やることは尽きない。

休む間も惜しんで没頭しているそうだ。

嘘《うそ》ではないのだろう。

その証拠に、これだけの実力者たちと足並みを揃《そろ》え、遅れを取っていない。

本当にとんでもない一年生だ。

「皆ちょっと今は起きられないかもしれないので、僕が預かりますよ。あ、それとも起こした方がいいですか?」

「いやいや。いいから休ませてあげて」

この状態を見て、わざわざ差し入れのために皆を起こすなど、できるものか。

ベイルの声もしなくなったので、彼もまた眠りに落ちたのだろう。

「そうですか? 僕はまだ家で朝晩食べてますけど、エリア先輩の差し入れは先輩たちの生命線ですからね。喜びますよ」

「え?」

今なんと言った?

いや。

なんか、わかる。

エリアだって、実験や研究に没頭していたら、寝食は結構忘れるから。

「まさか、全員あんまり食べてないの?」

「どうなんでしょう。少なくとも僕は、エリア先輩の差し入れ以外を食べている姿は見てないですね。誰一人として」

まあ見えないんですけどね、というクノンの付け足した言葉は届かない。

なんてことだ。

食うのも寝るのも忘れているのか、ここの連中は。五人もいて。

——ありうるのだ。

普通はないだろう。

腹が減れば食べるし、眠くなれば寝る。当然のことだ。

だが、それを忘れるほど没頭することが、あるのだ。それも優秀な魔術師ほど体調管理が疎《おろそ》かだ、とエリアは思っている。

統計も何もない偏見ではあるが。

しかし経験則で言えば、的外れとは思わない。

「ほんと研究者って……」

夢中になれば、エリアも寝食を忘れるが。

それにしたって限度がある。

自分はここまでひどくなったことはないから。

「よかったら差し入れの頻度増やそうか？」

だいたい一週間に一回か二回来ている。

最初は多すぎるかな、来すぎかな、と思ったが。

心配になってきたのだ。

回数を重ねる毎《ごと》に、着実にボロボロになっていく彼らのことが。だからどうしても目が離せなくなっている、というのが現状だ。

もっと言えば、今日その心配が確信に変わった。

――改めて、狂炎王子と差し入れの頻度について相談した方がよさそうだ。

きっと、今日彼らと会えたのは、魔術でも操れない運命というものだったのだろう。

「僕はもっとエリア先輩と会えるなら嬉《うれ》しいですけど……でも先輩の負担になりませんか？」

「私の負担を考えるくらいなら、早く開発してほしいな」

ベイルを早く解放してほしい。

そして何より、この過酷な環境をどうにかしてほしい。

知り合いが過労死する現場など見たくない。

「わかりました。これからも先輩の愛情のこもった差し入れを待つことにします」

「いや君……まあいいや。適度に休憩するんだよ、ほんとに」

君への愛情は入れてない、と言いかけたが。

まあ、敢《あ》えて言う必要もないだろう。

――それに、これからクノンには。

エリアの代わりに、皇子様から愛情のこもった差し入れが届くはずだから。

ぜひそっちを受け取ってもらいたい。


開発チーム発足から三ヵ月が経過した。


「……」

エリアは思った。

もうさすがに限界だろう、と。

――ここは研究室ですか？

――いいえ、未整理の資料室です。

誰かがこの部屋を見たら、そう判断しかねない。そんな惨状が広がっている。

これまでエリアは、研究には一切口を出さないでいた。

どんなに散らかろうが。

劇薬っぽい薬品系の危険な臭いがしようが。

なんかの資料を布団にして床に寝落ちしていようが。

自分は部外者である自覚があるので、言わなかった。

だが、いい加減もう限界だろう。

足の踏み場がなくなったこの部屋も。

まともな返事が返せない面々も。

珍しく寝落ちしておらず、机に着いている彼らは、一目見て「危ない」と思った。完全に死相が見えた。

ベイルの顔色は青を通り越して緑がかっているし。

ジュネーブィズはインクの付いてないペンでひたすら何か書いているし。「おかしいなぁ書けないなぁあああこれは夢の中かそうかそうか」とぶつぶつ言いながらニヤニヤしているし。

エルヴァとラディオは猫を撫《な》でながら「王子様がこの地獄から連れ出してくれるのを待っているの」「俺も一緒に連れて行ってくれ」とわけのわからない会話をしているし。

いや、わけはわかるか。

時々皇子様が様子を見に来ているらしいから。

一人まだ余裕があるクノンも、余裕があっても来客に気づいていないし。「あれ？　あの資料どこやったかな？」と、崩れていない場所の資料と本の山をどんどん崩して探し物をしているし。混沌の海を広げているし。

いや、あれはあれで見た目ほど余裕はないのかもしれない。

これはもはや。

研究どころではないだろう。

「――もうちゃんと休みなさい！　あと部屋を少し片付けなさい！」

エリアは思った。

ここで一旦《いったん》止めないと、本当に誰か死ぬ。過労死する、と。

◆

エリアの強制休止宣言が発動した。

彼女は本気だった。

教師に訴えてでも、五人に休息を取らせるつもりだった。

しかし意外や意外、異論はまったく上がらなかった。

後に「あれで完全に意識が切れたんだ」と、丸一日にも及ぶ深い眠りから目覚めたベイルは語った。

何をしていても考えている。

寝ている間も考えている。

思いついたらすぐ起きてメモを取る。

実験が始まり集中力が高まると、よくこういう状態になる。

聞けば五人とも同じような状態になっていて、寝ても醒《さ》めても、実験のことばかり考えていたそうだ。

率直に言うと、寝たいと思っても眠れなくなるのだ。

いつアイデアが閃《ひらめ》くかわからないから、意識がずっと緊張状態を保っているのだ。

夢中になる、とはよく言ったものだ。

たった一つの目的のために、夢か現実かなんて関係なくなるのだから。

しかし、エリアの宣言で、緊張の糸が切れた。

──まずクノンが「今日は寝ましょう！　僕も眠い！」と声を上げ、「超軟体水球《みずベッド》」を全員分用意し。

全員すぐに寝た。

誰も何も言わずに、水ベッドに飛び込んだ。

怒鳴ったエリアも驚くほどの早業だった。

死相の浮かんだ疲れた寝顔は、とても安らかだった。

このまま永眠しやしないかと心配になるほどに。

チームが眠りに着いた。

残ったのは部屋の惨状と、ここに一人起きている自分だけ。

「……さすがにもういいよね？」

迷いはあるが、もういいだろう、と思う。

足の踏み場もないひどい状態だ。

どこに何があるかわからないし、図書館から借りっぱなしの本もたくさんある。

少しは片付けてもいいだろう。

研究成果は机周りに集中しているようなので、それ以外の書類やメモは、整理してもいいだろう。

このまま放置しても、彼らはきっと片付けないだろうから。

となると、だ。

「一人は無理かな」

何しろ空き教室中に広がっている混沌の海だ、一人でやるには規模が大きい。

ここは素直に、誰か助っ人を呼ぼう。


エリアの休止宣言から一日が経過した。

門限のあるクノンは眠そうな顔で帰ったが、残りの四人は昏々《こんこん》と眠り続けた。

「――これはなかなかの惨状だな」

その間、エリアは助っ人とともに、研究室の掃除と整頓《せいとん》をしていた。

呼んだのは「調和」の代表シロトである。

研究内容が研究内容なので、助っ人は誰でもいいとは思えなかったのだ。

「魔術を入れる箱」。

特定の魔術を保管する物、という考え方をしたら、世紀の大発明である。

要するに、魔術師なしでも魔術が使えるようになるのだ。世界も魔術師界も変えてしまう可能性がある。

そんな魔道具を開発しているのだ、成果の持ち逃げなどされたら大変である。

だから、多少責任のある立場の者を呼んだ。

真面目で誠実なシロトなら打ってつけだ。

「研究に関係があるところは自分たちで片付けろ。

いいか？　片付けが終わるまで研究には復帰させないからな」

ほぼ丸一日寝ていた彼らは、目覚めるなりシロトに宣言された。

片付けろ。

片付けないと実験させない、と。

こういうところでも頼もしい助っ人だった。

そんなこんなで、五人と二人は二日ほどを掛けて、休憩を兼ねて研究室の掃除に努めた。


「せーの」

「「ありがとうございました」」

ベイルの号令の下。

なんだか大人に言わされた子供みたいな感じで、エリアとシロトは礼を言われた。

まあ、彼らの死相は綺麗《きれい》さっぱり消えたので、一安心だが。

久しぶりに帰って着替えもしたらしく、小ざっぱりしているし。

ちょっとお節介だったかな、と心配していたエリアだが、きっと……いや、絶対にこれでよかったのだろう。

彼らの過労死を阻止できたのだから。死んでからじゃ遅いのだから。

「あまり口出しする気はないが」

と、エリアと並んで礼を言われたシロトが口を開いた。

「彼女を正式にチームに入れたらどうだ？　このチームには雑用と体調管理をしてくれる者が絶対に必要だと思うが」

彼女、というのは、エリアのことである。

「入れないにしても、少しは手当でも出してやれ。ただ働きの域はとっくに超えているからな。率直に言うと感謝が足りないぞ」

あと私にも礼をしろ具体的な形でな、と言い残して、シロトは行ってしまった。

シロトも暇ではないのに、三日も付き合ってくれたのだ。

確かにお礼の言葉だけで済ませていいとは思えない。

「じゃあエリア先輩も加わってくれます？」

シロトが出ていったドアを見ていたエリアは、クノンの声に振り返る。

「……」

振り返った先に、いやに誠実な顔をして、自分を見ている五人。

一人は眼帯ではあるが、視線が向いているのがわかる。

なんという何かを訴えかける顔だろうか。

特にベイルだ。

あんなにも期待して物欲しそうな顔をして。

あんな顔これまで見たことがない。

できることなら、個人的な気持ちで向けてほしいものだ。実験のための人員確保ではなく。

……だが、まあ、いい。

「えっと……別に嫌じゃないけど。でも私まだ単位が取り切れてないから、これまで通りの通いでよければ」

彼らがやっていることはだいぶ高度だ。

それに魔道具造りには関わったことがないエリアには、わからないことばかりである。

だから、開発への参加は無理だ。

できることなど身の回りの世話だけだろう。それこそ雑用くらいだ。

それでよければ、の話だが。

「じゃあよろしくお願いします！」

彼らはわっと沸いた。

手に手を取って喜んだ。

――そこまで歓迎してくれるなら、エリアも悪い気はしなかった。


「……あのさぁ」

もう少し、こう、なんだ。

今度は気を付けよう、あの惨状にならないようにしよう、と。

努力する気はないのか。

――あれから数日後。

正式なメンバーとして迎えられたエリアが、研究室に顔を出すと。

あれだけ整理したのに、床に資料が広がり。

面々は疲れた顔をしていて。

エリアが来たことに気づかないくらい、また実験に夢中になっていて。

「返事、早まったかな……」

エリアはそんなことを思いながら、溜息《ためいき》を吐《つ》き吐き書類の片付けを始めた。

◆

――丁度その頃だった。

「では先生方、この子たちのお世話をよろしくお願いします」

聖女の研究室には、二人の教師がいた。

一人は光属性のスレヤ・ガウリン。

もう一人は、土属性のキーブン・ブリッドである。

「水をあげるだけでいいのね？」

「はい。果物や野菜などはよかったら収穫して食べてください。あと一週間くらいで食べ頃になると思いますので」

聖女レイエス・セントランスは、研究室の植物たちの世話を、二人に頼んでいた。

「どれくらいで戻るんだ？」

まだ未熟な木苺《きいちご》の鉢を見ていたキーブンが問う。

「予定では二週間ですが、きっと細々した用事が入ると思います。恐らく一ヵ月ほどになるかと」

「そうか。ちょっと長いな」

「申し訳ありません。植物に関しては信頼できる方にしか頼めませんから」

「あ、いや。別に責めてるわけじゃない。君の研究が一ヵ月も遅れることが心配なんだ」

「——こればかりは仕方ありません」

本音を言えば。

レイエスも、魔術学校を離れるのは嫌だ。

そう。感情に乏しい自分が、今明確に抱いているこの気持ちは、間違いなく。

嫌なのだ。

ここを離れたくないと思っている。

「私は聖女ですから」

聖教国セントランスから、祭事の出席を求められた。

つまり、聖女としての公務である。

毎年やっているので、不自然なことではない。そもそも魔術学校に属する前からの仕事である。

急遽《きゅうきょ》決まったことでもないし、無理にスケジュールを調整したわけでもない。最初から決まっていたことなのだ。
ただ。
ここを離れたくない、自分はここにいたいと願っているだけだ。
――しかし、そんな我儘《わがまま》も言っていられない。
ここでは聖女である前に、魔術師でいられるが。
国にとっては、魔術師である前に聖女なのだから。
「明日からよろしくお願いします」
明日の朝。
レイエスは聖教国へ向かい、しばらく学校に来られなくなる。
同期にはもう伝えてある。
ただ、クノンには、会えないままだった。
最近ずっと魔道具造りに掛かりきりなので、邪魔したくなかったのだ。

こうして、レイエスは帰郷した。
学校生活一年目。
残り約三ヵ月のことだった。

第四話　人形姫の帰還

「ご苦労様でした。しばしの休暇を楽しんでください」

レイエスは言うと、迎えの神官とともに大神殿へと歩いていく。

そんな彼女の後ろ姿を見送るのは、侍女兼護衛のフィレアとジルニである。

「……ふう。肩の荷が下りたね」

「そうね」

レイエスの背中が見えなくなると。

ジルニは肩から力を抜き、フィレアも小さく息を吐《は》いた。

これでひとまず、護衛の仕事は一段落だ。

感情の薄い聖女は、自主性に乏しい。

だから言いつけはよく守るし、余計なことはしないし、予定にない場所へは行かない。

世話をするのに、これほどやりやすい相手はいない。

だが、楽ではあるが気を遣わないわけではない。護衛である以上、レイエスの動向は当然として、外敵への対処も求められるから。

警戒しないわけにはいかない。

給料はすこぶるいいが、気を遣う仕事なのである。

――ここは聖教国セントランス、大神殿がある神都リビラ。他国で言うところの首都である。

帰郷の旅は短かった。

風の魔術師でもあるフィレアの「飛行」で、三人はほんの数日でここまで帰ってきたのだ。

そして、レイエスを大神殿《いえ》に帰したところである。

これからしばらく、レイエスは大神殿で過ごす。

その間、彼女の護衛も世話も神官が行うので、フィレアとジルニは休暇となる。

まあ、手放しで仕事がなくなるわけではないが。

魔術都市で過ごすレイエスの報告義務があるので、いずれお偉いさんに呼ばれるだろう。

もちろん魔術学校へ帰る時は、また同行することになる。だからこの神都から離れることはできない。

だが、それでも休暇は休暇だ。

少々制限は付いているが、久々の長期休暇なのである。

今夜からしばらくジルニは浴びるように酒を呑《の》むつもりだし、フィレアもいくつか自分の用事を済ませるつもりだ。

「じゃあ私行くね。なんかあったら連絡して」

「ええ、また」

肩の荷を下ろしたジルニは、酒を求めていいそいそと神都の雑踏に消えていった。

「……」

フィレアはそれを見送り、彼女とは違う方向へと歩き出した。

――実はフィレアも聖教国の神官である。

ジルニには秘密にしている。レイエスは知っているが、内密にするよう伝えてある。

いわゆるお目付け役である。

さすがに、聖教国に関係ない者だけが聖女の傍《そば》にいる、というのはまずい。そして護衛仕事が始まった当時、ジルニが信用に足るかどうかもわからなかった。

優秀な冒険者として、冒険者ギルドを通じて雇った。聖教国の関係者だけで席を埋めなかったのは、世間のことを表も裏も知っている者がいた方がいいと判断したからだ。

それでも、どんな裏があるかはわからない。

聖女に害を及ぼすような輩《やから》じゃないか警戒し、見極める必要があった。

今では信を置いているが――まあ、それはさておき。

「エズエ司教はいますか？」

彼女が足を向けたのは、大神殿の近くにある孤児院だった。

ここは、聖教国各地にある孤児院の中から、優秀な子だけを集めたエリート養成所だ。

要するに、将来の高位神官たちを育てる施設である。

表向きは普通の孤児院だ。難しい語学や数学などの教育をしているが、それ以外の差はあまりない。

「――はい。少々お待ちください」

通りかかったシスターに取り次ぎを頼み、フィレアは待つ。

まだ報告義務には早いが。

しかし、まず伝えるべきことが一つある。
――レイエスの成長についてだ。
これに関してだけは、すぐにでも話しておかねばならない。

「――あ、人形姫が帰ってきたのね」
大神殿を歩くレイエスの耳に誰かの声が届いた。
幼少から大神殿で過ごすレイエスは、使用人や神官にそう呼ばれることがあった。
人形姫。
感情のない操り人形。
言われたことしかやらない操り人形。
他者への気遣いができないただの人形。
そんな意味を持つ、決して褒められたものじゃないあだ名だ。
しかし。
それこそ本当に感情が乏しいレイエスは、そう言われたって何を思うこともなかった。
不快に思うこともないし、特段やめるよう言ったこともない。
そう呼ばれたってどうでもいい。そもそも気にしたこともない。
「どうぞ」
久しぶりの聖女の姿に少々注目を集めたが。
呼び止められることもなく、レイエスの部屋に到着した。

荷物を持って前を歩いていた若い女の神官が、ドアを開けてレイエスを促す。

「……」

――魔術学校へ旅立った時とまるで変わらない、質素な自分の部屋だ。

いや。

少し小さく、狭く感じる。

机と、ベッドと、誕生日ごとに教皇や大司教から貰《もら》った飾り物が置かれているだけ。そんな生活感の薄い部屋だ。

レイエスは思った。

――何だこの部屋は、と。

「あなたのお名前は?」

部屋に一歩踏み込んで立ち止まったレイエスは、ドアで控える神官を振り返る。

「あ、はい。リーラと申します」

レイエスはリーラを認識していなかった。

聖女付きの神官は少ないので、二年くらいは身近で世話もしてきたのに。

――だが、当のリーラも「あ、この人は私を認識していないな」と薄々思っていたので、そんなに意外ではない。

意外なのは今この時だ。

名前を聞かれて。

ちゃんと顔を向けて。

目と目を合わせて、声を掛けてきたことだ。

人形姫。

そう呼ばれてもおかしくないと、リーラも思っていたくらいなのだ。それくらい聖女レイエスは特殊だったのだ。

なのに。

半年以上も会わなかったレイエスは、前のレイエスにない言動をする。

「リーラ。花でも雑草でもいいので、何か鉢植えを持ってきてください」

――こんな場所は耐えられない、とレイエスは思っていた。

ここには土がない。

緑がない。

生命を感じない。

部屋が狭いのは堪えられる。

空腹も堪えられるし、着る物が少ないのも堪えられる。最悪裸で過ごしても構わない。

だが、鉢植えがないのは無理だ。

もう緑がない生活になんて戻れない。

植物がない環境になんていられない。

鉢植えに「結界」をキメてやりたいのだ。今すぐに。

「は、鉢植え、ですか？」

「何でもいいです。野菜でもいいですし。野菜の種でもいいわ。野菜の種を数種類と鉢をいくつか持ってきてください」

「……えっと、野菜がいいんですね？」

「季節じゃない物でも構いません」

なんだかよくわからないし、言うほど何でもいいわけでもなさそうだが、聖女のご所望である。

レイエスの動向や要望は、逐一報告の義務があるが。

このくらいなら、特別な許可はいらないだろう。

近くの孤児院には畑もあるので、種も土もすぐに調達はできる。

「では持ってきますので、聖女様はゆっくりお休みください」

「今すぐ持ってきますか？　あ、鉢植えが持ちきれないでしょう？　私も一緒に行きましょう。確か孤児院に畑がありましたよね？」

「え？　……えっ？」

「早く行きましょう――私の荷物などその辺に投げておけばいいのです。さあ、早く」

レイエスはリーラの手からバッグを奪い、ひょいとベッドへ投げた。

荷物自体は少なく、軽い。

中には着替えと、教皇や大司教へのお土産も入っているのだが――

今はそんなことはどうでも良かった。

「行きますよ」

――なんだこの押しの強さは。

――これは本当にあの人形姫なのか？

リーラは戸惑うばかりで、もはや先を行っているレイエスを追い駆けるのだった。


「レイエスは戻ったかい？」

彼が部屋に戻ったのは、すっかり陽《ひ》が暮れた頃だった。

肩の凝る来客用の豪華な服を脱ぎ、いつもの質素で楽な服に着替える。

まだ書類仕事があるので、寝る準備には早い。

――聖教国教皇アーチルド・セントランス。

この国のトップで、今年で五十の大台に乗る初老の男だ。

痩躯《そうく》の優男ゆえ威厳はないが、聖職者として清貧であるのはむしろ誇り。気弱そうな見た目に反する切れ者である。

当然、国のトップとして厳格な一面も持っている。

「はい、昼過ぎ頃にはお戻りになりました」

夕食を運んできたアーチルドお付きの神官フォンはそう答える。

目前に迫った祭事の準備に追われ、近頃はとても忙しい。

おかげで聖女レイエスの帰還を出迎えたかったのだが、それは叶《かな》わなかった。

夕食なら間に合うだろうかと思っていたが、それも間に合わなかった。

再会は明日。

朝食の席になりそうだ。

「半年以上も会わなかったのか。ずいぶん大きくなっていそうだ」

「そうですね。あのくらいの子の成長は早いですからね」

アーチルドは独り身である。

輝女神キラレイラの信者は、結婚を禁じられているわけではない。だが、生涯を信仰に捧《ささ》げると決めた瞬間から、アーチルドは結婚はしないと決めた。

だからだろう。

彼は、レイエスを我が子のように思っていた。

生涯子を持つことはないだろうと覚悟していた。

そんなアーチルドの傍に、幼少の子——聖女がやってきたのだ。

本来なら、我が子や家族に向けていた感情だったはずだ。

その己の自覚していない内に秘めた気持ちを、想《おも》いを、家族を慈しむ心を、惜しみなくレイエスに注いだつもりだ。

レイエスは感情が乏しい。

深く接すると、心配になるほど、普通の人とは違った。それゆえにより強くアーチルドの中に保護欲が生じたのかもしれない。

あるいは父性が。

結果、過度に娘を心配し、溺愛《できあい》する、親ばかの誕生である。

公の場では上手《うま》く隠しているが、内心は気が気じゃないことばかりだ。

魔術学校に行かせるのも嫌だった。

離れて暮らすのも嫌だった。

あの変わった性格では、行った先でいじめられるんじゃないかと胃が重くなった。

友人ができたとレイエスからの手紙に書いてあったが、それも心配だった。

果たして本当に友人か？

友人の顔をした敵ではないか？

それとも娘をつけ狙う狼《おおかみ》ではないか？

レイエスには再三「男は警戒しろ、簡単に信用するな」と言い含めたが。

それなのに「男の友達ができた」と書いてあった。

その男と何かあるのではないか。

アーチルドに黙って男女の仲が燃え上がってやしないか。

いや。

レイエスに限ってそれはない。

あの子はアーチルドの言いつけは必ず守る。そういう子だ。

しかしそれでも心配で心配で――

「そういえば、聖女様に関する緊急の報告が来ていますよ」

「何⁉」

珍しく大声を上げたアーチルドに、神官は驚いた。

「なぜ私に直接届けなかった⁉」

「あ、はい、すぐに対処が必要な用件ではないから、とのことです」

聖女絡みはすべて重要案件だ。

しかし、教皇の公務に横槍《よこやり》を入れるほどの内容じゃない、または迅速なる対応が必要じゃない、との判断である。

「詳細は手紙に書いてあるそうです。机の上に――」

言うが早いか、アーチルドは急ぎ執務机の上にあった封筒を取った。

「…………うん」

内容を検《あらた》め、確かに急ぎの案件ではないと納得できた。

少々焦ってしまった。

男連れで帰ってきたとか、そんな内容だったらどうしようかと思った。

手紙の内容は、レイエスの要望で部屋に植物を運び入れた、というものだった。選んだ植物も書いてあるが、特に問題はなさそうだ。

そういえば、以前送られてきたレイエス本人や侍女からの手紙で、「魔術学校で植物や農作物に興味を抱いた」と書いてあった。

だから特に不思議でも不自然でもない。

いや、むしろ嬉《うれ》しいくらいだ。

何事にも興味がない、命じられなければ何もしないあのレイエスが、自発的に望んだのである。

これは成長と見るべきだろう。

――行かせて良かった、魔術学校。

きっとレイエスの友達も、分別のある、ちゃんとした子に違いない。いい影響を与えたのだろう。

だがしかし。

レイエスが成長したと思うと、少し寂しいのも確かだ。

成長した分だけ、自立したということ。

自立したということは、その分だけアーチルドから離れたということだ。

もう保護も必要なくなるということで、自分のことは自分で決めていくということだ。

これからもっとたくさん、寂しい思いをするのだろう。

だがそれに比例して、レイエスはきっと幸せに近づくのだ。

だから、これでいいのだ。

娘の幸せを願わない父はいないのだから。


――と、昨夜は思っていたのだが。

「おはようございます、教皇様。お久しぶりです」

翌朝。

待ちきれなかったアーチルドは、朝早くからレイエスの部屋を訪ねた。

朝の祈りを共にするためだ。

朝食までなんて待てなかったのだ。

半年以上離れていたレイエスの顔を、とにかく早く見たかったのだ。

……見たかったのだが。

「何があったのかね」

久しぶりに見たレイエスは、以前より少しだけ大きくなっているように思えた。

背が伸びたようだ。

身体《からだ》も少し大きくなった。

いつも通りの無表情だが、少し大人っぽくなったように感じる。

成長期の十二歳を経て、冬に十三歳になったレイエスだ。成長するのは当然のことか。

――だが、それよりだ。

「はい？　何がとは？」

「何か悩みでもあるのかね？」

「何の話でしょう？」

レイエスの無表情は変わらない。

だが、変わった。

何が変わったかと言えば、彼女自身というより。

彼女の部屋が、だ。

「……」

この鉢の数はなんだ。

部屋半分に敷き詰めたような、この尋常じゃない鉢植えの数はなんなんだ。もはやおびただしいとさえ思える。

レイエスを心配するアーチルドの親心は、一瞬で度を越えた。

魔術学校になど行かせるんじゃなかった。

きっと悪い友達の影響だ。

許すまじ。

汚れなき聖女に悪いことを教えた輩《やから》は誰だ。

信じやすい聖女に余計なことを吹き込んだ輩は誰だ。

全員調べ上げてやる。

そして聖女を害した罪で誅《ちゅう》するしかない。

「ああ、そうでした。教皇様にお土産があります。少しお時間をいただけますか？」

「もちろんだとも」

聞き出さねばならない。

レイエスに――娘についた悪い虫が誰なのかを。

「――教皇様、お時間です」

部屋に招かれたアーチルドだが、しかし、付き添いの神官フォンに止められた。

そうだった。

じきに朝の祈りの時間である。

ゆっくり話している時間はない。

「話は後にしよう。レイエス、朝の祈りに行こうか」

非常に口惜しいが、まあいい。

レイエスは、最短でも二週間は大神殿で過ごすことが決まっている。

少しばかり用事を頼んで、一ヵ月くらいは引き延ばせる。

それだけの時間があるのだから、ゆっくりじっくり時間を掛けて、悪い虫の情報を聞き出せばよい。焦ることはないのだ。

「――先に行ってください」

「えっ」

耳を疑ったが、間違いない。

断られた。

初めてレイエスに断られた。

何事につけても、アーチルドの誘いを断ったことなどないレイエスが。

「この子たちに水をあげないといけないので。お先にどうぞ」

「えっ」

この子たち。

その情緒溢《あふ》れる言葉はなんだ。

どこで憶《おぼ》えてきた。

――いや落ち着け。普通に巷《ちまた》でよく聞く言葉だ。

「……この子たちというのは、この、鉢植えのことかな？」

「はい。皆大切な存在です。もはや我が子同然です」

「えっ」

我が子同然!?
十二、三の子供がすでに母親の気持ちに!?　しかもこんなに子だくさん!?
――いや落ち着け。「それ」と「それ同然」では大違いだ。

「………花が好きなのかい？」

「花も好きですよ。でもやはり野菜や果実の方が育てていて楽しいですね」

「えっ……あ、そうか」

——落ち着け。今の発言は普通だ。何も引っかかることはない。

「…………えっ」

——いや、違う。違うだろう。

普通だからおかしいのだ、普通の発言が出る方が不自然なのである。

レイエスはそういう子だ。

……いや、そういう子、だった。

半年前までは。

「——教皇様、お時間ですが……」

神官に呼ばれて反射的に「今はそれどころじゃないだろ！　レイエスが！　こんなにも変わり果てて！　半年の間に何があったか気になるだろう！」と叫びそうになったが。

アーチルドはぐっと堪《こら》えた。

長い年月をかけて培った信仰心をフルに活用して、堪えた。これが信仰の力だ。

「わかった。朝食の時にゆっくり話そう。魔術学校のことを教えておくれ」

「はい。また後ほど」

レイエスの部屋を出る。

溜息《ためいき》が出た。

朝からとても疲れた。

そして、びっしょりと額に汗が浮いていることに、ようやく気付いた。

「……聞いたかい？　あのレイエスが私の誘いを断ったよ」

汗の理由は、断られたからだ。

娘に拒絶されたことが、思ったよりダメージが大きかったのだ。

あとレイエスの変化に動揺してしまったのだ。

娘に冷たくされて悲しい、などと悩みを口にしていた男性信者がいたことを思い出した。

今ならわかる。

この胸の痛み、愚痴くらい言いたくもなる。

「それよりお時間です。信徒が待っていますよ」

神の教えを説き、信者を導くのが教皇の務め。

しかし今だけは、誰かに自分を導いてほしいとアーチルドは思った。

――父親の痛みとはかくもつらいものなのか。

朝一で負った傷心を抱えて、アーチルドは大聖堂へ向かうのだった。


違う、とわかったのは、割と早い段階だった。

「そうか……そういうことか」

その結果がこの部屋、ということだ。

誰かの悪影響ではなく、本当にレイエス自身が興味を持ったのだ。

何事にも興味がなかったあのレイエスが。

大神殿にいた半年前からすれば、今の彼女は別人ではないか。それくらい心境の変化があったようだ。

朝の祈りを終え、アーチルドはレイエスと朝食の席に着いていた。

おびただしい数の鉢植え。

それに囲まれて、彼女の部屋で朝食を取っている。

半年ぶりに娘と過ごす至福の時間であるが、さすがに今は彼女の話が気になる。

魔術学校での話を聞く。

その中には最重要機密も含まれていた。

――侍女兼護衛に付けたフィレアには、報告義務を課しているが。

本当の最重要機密は、形の残らない口頭でと伝えている。

情報漏洩《ろうえい》を防ぐためである。

そしてそれは、レイエスの口から聞く、と定めている。

レイエスは言いつけを破らないし、嘘《うそ》は言わない。

そういう子なのだ。

「霊草の栽培がきっかけで、そこから興味を持って発展していったんだね」

だいたいの流れは報告を受けていた。

特級クラスは生活費を自分で稼がねばならない、だから薬草の栽培を始めた、と。

アーチルドが知っているのは、そこまでだ。

詳細は伏せられていた。

フィレアが「最重要機密」と判断したからだ。

その判断は間違っていないと、アーチルドも思った。まあ魔術都市ディラシックでは「聖女、霊草、栽培成功」という情報が、一部には出回っているらしいが。

まあ、なんにせよ――霊草の栽培は、歴史に残る偉業と言っていい。

聖女がやったのなら尚《なお》の事だ。

この偉業は、聖女レイエス・セントランスの歴史の一ページに記されるだろう。いや、絶対に記す。娘の活躍を後世に残すのだ。

現代において、聖女の存在は聖教国のシンボルの意味合いが強い。

瘴気《しょうき》の森や強大な魔物。それらに対抗しうる稀有《けう》なる存在として活躍していたのは、もはや昔の話である。

今では、神に愛されて生まれた子として、祭事や他国との交流に出てもらうくらいのものだ。

「実験した結果、私の『結界』には豊穣《ほうじょう》の力が含まれていることがわかりました」

「本当かい？」

それも報告を受けている。

それでもレイエスの口からちゃんと聞きたい。そして褒めたい。

「はい。成長促進効果があり、時期ではない作物も育てられるようです」

「すごいじゃないか」

褒めたいとは思ったが、そうじゃなくても賞賛の言葉しかない。

それは本当にすごいことである。

「まだまだできることがあると思います。現在は品種改良をして、痩《や》せた土地でも育つ作物ができないかと――」

無表情で淡々と。

しかしレイエスは、たくさんのことを話した。

これも半年前のレイエスにはなかった姿だ。

聞かれたことに応える。

報告をする。

それ以外のおしゃべりなんて、まずしない子だったから。

どこか楽しげに見えるのは、アーチルドの目の錯覚だろうか。

冷静に聞くと、かなり重要なことを話しているのだが。

今のアーチルドには、娘が一生懸命話しているその姿が、愛《いと》しくてたまらなかった。


だが、一つだけ引っかかったのだ。

「レイエス」

「はい？」

「今後『キメる』って言い方はやめようか」

何度か出てきたワードだ。

やれ草にキメただの鉢にキメただの栄養剤をキメただの。

その言葉が出るたびに不安を煽《あお》られた。

「ダメですか？」

「神職の者が使うにはそぐわないかな。……誰に吹き込まれたんだい？」

吹き込んだ奴《やつ》は絶対に許さない。

絶対に、絶対に許さない。

憤慨する内心を笑顔の裏に隠し、アーチルドは努めて冷静に問う。

「ディラシックにある行きつけの雑貨屋の子供です。最近の若者言葉だから使った方がいいよ、と。

この栄養剤《クスリ》をキメるとすっげー育つぜ、と言ってました。キメたりキマッたりした時に言うといいと」

「わかった」

教皇は静かに、穏やかに、一つだけ頷《うなず》いた。

――悪い虫を一匹見つけた。

「とてもキマッた時はガンギマリと――」

「それもやめようか。金輪際」

大切な娘の口から「ガンギマリ」という悪《あ》しき言葉が出てくる衝撃たるや。

絶対に許すものか。雑貨屋のガキめ。

「色々と確認したいことがあってね」

大きな祭事――輝女神キラレイラ誕生祭が目前に迫っていた。

毎日準備に追われて忙しい最中、アーチルドはなんとか時間を作り、孤児院の庭の片隅でフィレアと会っていた。

レイエスの侍女兼護衛のフィレアは、輝女神教の信者である。

表向きは、教皇及び聖教国の上層部とは関わりのない存在。腕のいい魔術師でもあるがゆえに、半密偵のように働いてもらっている。

だからこそレイエスに付けたのだ。

「何でしょう？」

――報告義務はあるが、まさか教皇自ら報告を聞きに来るとは思わなかった。

フィレアは少しばかり緊張していた。

いったい何を確認したいのか。

もしや業務上の注意だろうか。

ジルニが仕事中に酒を呑《の》むこと以外、目に見える落ち度は思い当たらないが。他に何か粗相があったのだろうか。

「もしやジルニの飲酒の件ですか？」

緊張のあまり、自分から言ってしまった。

「ああ、その件は構わない。元々雇う時に交渉してある。少々の飲酒は認める、と契約書にあるんだよ」

「あれって本当だったんですか」

ジルニは酒を呑む。業務中でも平気で呑む。

幾度となく注意したが、そのたびにジルニが免罪符のように言っていたことである。

ちゃんと契約上の許可はあるから、酒は認められているから、と。

教皇が言うのだから、あれは事実だったようだ。

「それが彼女が雇用に応じる条件だったからね。長期の拘束に子供の護衛、おまけに慣れない侍女の仕事もしなければならない。

大切な聖女の傍《そば》にいる者だ、誰でもいいわけじゃなかった」

ジルニはだいぶ緩いように見えるが、あれで実力は確かである。

「冒険者ギルドで評判の、明るく品行方正で仕事にも真摯《しんし》に向き合う、腕がいい冒険者。それがジルニだった。

あと無宗教家っていうのもよかったね。

これぞと選んだのが彼女だったんだ。それで――」

「雇用の条件が『飲酒の許可』だったわけですね」

「そう。何があろうと酒だけはやめられない、と言っていたね。酒が呑めないならどんなに報酬が好《よ》くてもやらない、と言い切られたよ」

そんなにもか。

教皇相手に言い切ったのか。酒を呑ませろ、と。

「まあ、だから、ジルニのことはいいんだ。実際彼女はかなりのザルだ。ワイン十本くらいでは酔わないから」

少々納得がいかない部分もなくはないが。

上で話が付いているなら、フィレアから言うことはない。

「それよりレイエスのことだ」

アーチルドの瞳《ひとみ》が真剣味を帯びる。

ここからが本番のようだ。


「――レイエスに男友達が多いというのは本当かい？」

真剣な顔で何を言うかと思えば、聖女の交友関係のことだった。

一瞬「えっ」と思ったフィレアだが……いや、大事なことだな、と思い直した。

人形姫とも呼ばれていた、感情に乏しい聖女レイエス。

そんな彼女に友達ができたという。

正直、どんな関係なのかが、いまいち想像しづらいのは確かだ。大神殿ではまともな対人関係さえ築けていなかったのである。

長年住んでいた場所でさえそうなのだから……だから教皇も心配しているのだろう。

「普通の友達のようですよ」

クノン、ハンク、リーヤ。

その辺りはレイエスからたまに聞く名前だ。特にクノンなんてかなり世話になった相手である。

……確かに、冷静に考えると男友達が多いだろうか。

しかし三人とも同期なので、これは仕方ないとも思える。

「フィレア」

「はい」

「私はね、レイエスには自由恋愛をしてほしいと思っている。だから結婚相手は探していないし、縁談の申し込みも断っている」

「……そう、なんですか……」

意外、と言っていいのかどうか。

ただ、この教皇ならば、聖女の婚姻を政治の道具にはしないだろうな、とは思っていた。

アーチルド・セントランス。

優しく、清廉潔白で、不正を嫌う高潔な方だ。

高官であっても贔屓《ひいき》しない、誠実で、公正で公平な方だ。

そんな彼が政略結婚を推すとは思えなかったから。

「だから正直に言ってほしい。

聖女であるレイエスを手放すことはできないから、婿を取る形になるだろう。できれば輝女神教の信者であってほしいし、結婚後でもいいから入信してほしいとも思っている。

つまり――わかるね？」

「……いえ、ちょっと、わかりかねます……」

真剣な顔の圧がすごい。

見た目はどこにでもいそうな冴《さ》えない初老だ。

しかし、やはり教皇にまで上り詰めた男。芯《しん》の部分は確かである。

「レイエスが婿に選びそうな男を事前に調べておきたいんだ。他意はないよ。まだね。本当に他意はないんだ。まだないんだ。

わかるね？」

念押しの圧がすごい。

どこまでも穏やかな声音が逆に迫力を感じさせる。

「そう、ですね……同じ年に入学した同期とは仲が良いようですよ」

「クノンか」

「あ、はい。聖女様から聞きましたか？　クノン様とは仕事上の付き合いもあるので、かなり仲は良いと思いますよ」

「……やはりクノンか」

「教皇様？　……教皇様？」

とんでもなく険しい顔をしているが、何があった。

「それで？」

「は、はい？」

「クノンとやらはどんな子だ？　聞けば出会い頭にレイエスをお茶やパフェに誘うといった非常に軽薄な子だという話は聞いているが。本当なのかね？」

「それはたぶん本当ですね」

何しろ女性に甘い言葉を掛けるのが礼儀だと思っているような子だ。

まあ、口先だけだというのはすぐにわかったが。

あの子の甘い言葉には感情が伴っていない。だから本気にする女子はまずいないだろう。

魔術の話をする時との温度差がひどすぎる、と思ったくらいだから。

「――わかった。ありがとう」

「……教皇様？」

さっき険しい顔をしていたはずなのに、今は静かに笑みを湛《たた》えている。

なんだかよくわからないが、アーチルドは何かを理解し、納得したようだ。


「――あ、そうだ」

しばしレイエスの交友関係の話をして。

神官に呼ばれたので、アーチルドとの対話は終わった。

だが、一度は歩き始めた彼が振り返った。

「フィレア。君の目から見て、レイエスはどこまで植物に対する興味があると思う？」

「え？」

どこまで、と言われると。

少し返答に困る。

質問の意図が見えないが、フィレアは少し考えて答えた。

「植物の種と見ればなんでも植えてみよう、育ててみようと思うくらい、じゃないでしょうか」

おかげでディラシックの借家の庭先は植物だらけ、家の中は鉢植えだらけだ。

近所の雑貨屋に、珍しい種があったとかなんとか。

無表情ながら嬉《うれ》しそうに話していて、自然なことのようにそれを植えていた。

よくわからないものもあるし、食虫植物にまで手を出していると知って驚いたのは、つい最近のことだ。

まあ、作物の出来もいいし香草《ハーブ》系の育ちもいいので、食卓は豪華になったと思うが。

「そうか……大神殿の彼女の部屋も、今すごいことになっているよ」

「ああ……わかる気がします」

ディラシックの住居を思えば。

きっとこちらも似たような感じになっているのだろう。

「それでね。レイエスに輝魂樹《キラヴイラ》の種を託してみようと思っているんだ」

「……輝魂樹《キラヴイラ》の種⁉」

――それは、輝女神キラレイラの本体と言われる神木である。

輝女神キラレイラがこの世に降臨した際、その身は非常に大きな樹木であったという。

それが神木、輝魂樹《キラヴイラ》である。

教典にはそう載っている。

もちろん、神話なので誰も見たことはない。

「種があるんですか⁉」

「うん。それも結構な量があるんだよ」

なんと。

神話の中にだけ存在すると思っていた、輝女神キラレイラそのものである御神木の種があると。

それも結構な量があると。

「ただね、聖女の豊穣《ほうじょう》の力がないと芽吹かないらしいんだ」

――輝魂樹《キラヴイラ》は貴重な樹《き》である。

アーチルドを含む聖教国の上層部は、ちゃんと知っている。

過去の記録に詳細が残っているから。

恐らく古くからある他国にも、似たような記録が残っているだろう。

輝魂樹《キラヴイラ》は豊穣の樹。

いわゆる霊樹だ。

この樹があると、周囲の大地が活性化する。

原理まではわからないが、霊草などと同じく、魔的な要素を含んだ植物なのだろう。

効果だけ聞くと、確かに神話にでもまつり上げられそうなものである。

――過去、深く濃い瘴気《しょうき》をまとう大地に植え、その地を浄化するために使用されたという。

ここ二百年ほどは育てられた記録がない。

なので、現代においては知る者などほぼいないだろう。

「ディラシックに帰る際、レイエスに持たせる。彼女には誰にも教えないよう伝えるから、君はそれとなく見守っていてほしい。もちろん逐一報告もほしい」

「わ、わかりました！　……育つんですか？」

「きっと育つよ。レイエスが育てる。彼女は私の自慢のむ……聖女だからね」

む？

何を言いかけたか少々気になったが、アーチルドは行ってしまった。

そしてフィレアも、それどころではなかった。

「……輝魂樹《キラヴィイラ》の種……」

さらりと告げられた衝撃の予定に、フィレアは少しばかり放心していた。

今後、己も神話の一端に触れるかもしれない。

輝女神教の信者として、喜ばしいやら誇らしいやら恐れ多いやら。

「……顔に出ないようにしないと」

神話の種を託される。

意識しないでいられるだろうか。

きっとレイエスは、何の種であろうと、淡々と育てるだけだろう。

こうなると、フィレアが一番気にしてしまいそうだ。

◆

──レイエスらがディラシックに帰ったのは、それから約三週間後のことだった。

鉢植えたちというたくさんの仲間を連れて。

重量過多で「飛行」を制御するのが大変だったが、フィレアの心は躍っていた。

輝魂樹《キラヴィイラ》の種の行く末は、きっとレイエスよりも、彼女の方が気になっていたことだろう。


「──シ・シルラの丸薬、評判いいですよ。こちらとしては長く取引したいですね」

冒険者ギルドの奥にある応接室。

そこには五人――大人三人と子供二人という、場にそぐわない面子《メンツ》が顔を合わせていた。

と言っても、大人二人は護衛だ。

テーブルを挟んで向き合っているのは、冒険者ギルドのディラシック支部・経理部責任者アサンド・スミシーと。

クノンと聖女レイエスである。

子供二人の後ろに立っているのは、聖女の使用人兼護衛のフィレアとジルニだ。

「ご期待に添えたならよかったです。クノン、資料を……クノン？」

「……あっ？　ああ、ごめん。資料だね」

聖女に声を掛けられて、一拍遅れて反応するクノン。

――数ヵ月に及ぶ開発実験の最中《さなか》にあるクノンは、ここのところ、よくぼーっとしている。

うたた寝でもしているのかと思えば。

いきなりものすごい勢いでメモを取ることもあるので、寝てはいないのだ。

ただ……そう。

今は何をしていても、現実を忘れるほど夢中になっているのだろう。

「失礼しました。こちら資料になります」

「あ、はい。……大丈夫ですか？　お疲れのように見えますが……」

アサンドの気遣いに、「寝不足なだけです」とクノンは答える。

「本当に、商談中に失礼しました」

――もう数ヵ月にもなる「魔術を入れる箱」の開発だが、クノンが抱えている案件は、それだけではない。

その一つが、今、結果に結びつこうとしていた。

「シ・シルラの丸薬は、きちんと密閉されていれば、三ヵ月は持ちます。……というのは、そちらでも確認済みですよね？」

「ええ。私は瓶詰での携帯を推奨しています」

最初の取引から数ヵ月。

毎月、霊草シ・シルラ数本分の丸薬を定期購入している冒険者ギルドでは、すでにトップ冒険者必携アイテムというほどに重宝されている。

最初は試供品として提供していたが、思いのほか需要があったため、普通に売れているそうだ。

――そして、実際使用した冒険者たちからのデータを頼りに、度重なる改良を行ってきた。

あとは耐久テスト中の「薬箱」が完成したら、更に保管・携帯はしやすくなるだろう。

「その資料にある通り、これ以上の改良は却《かえ》ってコストが高くなりそうです」

「そうですね……」

シ・シルラの成分を魔法薬で伸ばすだの、継ぎ足すだの。

そういう発想で、薬の量を増やす案がある。

ある程度の成果は望めたが、これ以上は難しそうだ。

効率的でもないし、経済的でもない。

シ・シルラを伸ばしたり継ぎ足したりするために使用される魔法薬のコストを考えると、非効率的かつ非経済的だと思う。

　クノンと聖女はそう考えた。

　思いつく限りの改善・改良はもうやった。

　これ以上は、今の自分たちにはどうしようもない――という資料を作って持ってきた。

「私たちとしては、ここで丸薬は完成品とするのがいいと思います。現段階でこれ以上の改良は、様々な面から難しいのではないかと」

　聖女が言うと、アサンドは資料を読みながら頷《うなず》いた。

「なるほど、わかりました。ギルドマスターと相談してからの返答になりますが、お二人の意向を伝えておきます」

　ちなみに今日は、ギルドマスター不在のため、アサンドが対応している。

「――さて。次のお話をしましょうか」

　そしてアサンドとしては、次の話が重要なのだ。

　丸薬については、すでに冒険者たちが効能を証明している。はっきり言えば、もう話すことはないのである。

　今回はこうして資料も貰《もら》い、より詳しく知ることができた。

　だが、どちらにしても、購入を続けるだけなのだ。

　交渉をした当初から、シ・シルラの丸薬の有用性はわかっていたし、今その裏付けが取れた。

　言ってしまえばそれだけの話である。

　そして次の話は、これより更に前に進んだ話になる。

「――私たちも一緒に聞いていていいですか？」

ここからの話は、聖女にはあまり関係ない。クノンが個人的に推し進めた話である。

霊草関係の案件についてギルドマスターと打ち合わせをする際に、クノンから預かった手紙を渡したことならあった。

だが基本的には、別の案件だ。聖女たちが同席する理由はない。

だから許可を求めた。

この先の話に、単純に興味があったのだ。

「もちろんだよ。レイエス嬢も完全に無関係とは言えないしね」

ちょっと前後左右にふらふらしているクノンは、テーブルにシガーケースほどの金属の箱を出した。

「正式に『霊薬保管箱』と名付けました。わかりやすいでしょ？」

わかりやすい。

実にストレートな名前である。

「シ・シルラの丸薬並びに紙型薬品を保管するための箱です。まだ充分なデータがないので改良点はあるかもしれませんが、実用できる段階まで来ました。

どうぞお手に取ってみてください」

アサンドは言われるまま手に取り、クリップをはずして蓋《ふた》を開けた。

「こ、これが……この紙がっ！」

――もう九ヵ月ほど前だろうか。

ここで発想だけ聞かされ、画期的なアイデアに震えた「貼るタイプの紙型傷薬」。

それが、ようやくアサンドの手中に納まった。

向こうが透けて見えるほどの薄い緑色の紙が、何枚も重なって深い暗緑色となっている。

聞かされた通りの代物だった。

これを傷口に貼れば、たちどころに治る。

そんな夢のような薬なのである。

「早速試してみたいですね！　怪我人《けがにん》を呼んでも⁉　あっ私が刺されればいいか！」

「落ち着いてください」

なんかとんでもないことを言い出したアサンドを、クノンが止める。

「というか、重要なのは薬じゃなくて箱なんですけど」

紙型傷薬自体は簡単に作れる。

きっと作るだけなら、ちょっと薬品に詳しい魔術師なら、誰でも作れるだろう。

問題は、作ったところで保管方法がないことだ。

元々日持ちしないシ・シルラが原料の薬である。

紙型の形状では、暗所に置いていても、二、三日くらいしか薬効成分が保てないのだ。

持ち運びなんてして周辺環境が変われば、更に寿命は短くなるだろう。

そこで、それを保管する箱だ。

これさえあれば、薬効を保ちつつ持ち運ぶことが可能となるのだ。

ここでアイデアを話してから九ヵ月。

色々とやってきたクノンだが、ちゃんとこちらの開発もしていたのだ。

箱自体の品質・耐久実験。

並びに中に入れた薬品の経年劣化実験。

入学してわずか二ヵ月でベイル・ジュネーブィズらと最初の試作品を作り上げて。

それからも、思いつく限りの試行を重ね、ようやく実用に足る成果が得られた。

「その箱に入れれば、紙型なら三ヵ月前後。丸薬なら半年は保管できます。温度や湿度、時間といったものの影響を九割以上はカットできるので、よほど劣悪な環境でもなければ、新鮮なまま維持できると思います」

「三ヵ月も!? 丸薬なら半年!?」

アサンドは驚いた。

瓶詰保管を推奨していたさっきまでの自分が恥ずかしいくらいだ。

「新鮮なまま……」

聖女は箱の効能に興味津々だった。

――そう、名こそ霊薬を保管する箱だが、これはほかの物にも使えるのである。

たとえば、野菜とか。果物とか。

長期保管したい作物はたくさん思いつく。

使用用途は限りなく広い。

「常人でも使えるように作りましたが、一応魔道具です。丸薬を入れる際に魔力を注《そそ》ぎこまないといけないんです。

こちらが詳しい資料になります。まず――」

クノンの説明は続く。

アサンドも、聖女も。

ついでに聖女の侍女たちも。

真剣な顔で、クノンの話に聞き入っていた。


少し長居した。

四人はようやく冒険者ギルドから表に出てきた。

「ギルドマスターじゃないのに契約してよかったのかな」

アサンドはあくまでも代理である。

決定権はない、と思うのだが。

「大丈夫でしょう。代行権限は持っていると言っていましたし」

クノンとしてはそこが引っかかっているが、聖女は問題ないと告げる。

――話を聞く限り、冒険者ギルドが欲しがらないわけがない、と聖女は思う。

仮に欲しがらなくても、違うギルドに売り込めばいいだけの話だ。

奇《く》しくも、初めてここに来た時――アサンドと商談した時に、クノンが言ったセリフと同様である。

あの箱は売れる。

そして、あの箱とシ・シルラがセットになっている時点で、聖女も商売に便乗している形となる。

今のところ、霊草シ・シルラを手軽に栽培できるのは、聖女だけだから。

お金が儲《もう》かる。

今以上に。

もう貧乏なんてしない。

聖女の心にかつてない余裕が生まれる。

これが心の潤い、満たされるという感覚だろうか。

まるで輝女神キラレイラの腕に抱かれているかのような安心感と幸福感だ。抱かれたことはないが。

若干金銭欲に溺《おぼ》れている気もしないでもないが――まあ、さておき。

「これからどうします？　お昼時は少し過ぎていますね。喫茶店でも行きます？」

「もちろん行くよ、と言いたいところだけど……魅力的な女性が三人もいるのにごめんね。紳士として素敵な女性を誘うのは義務だと思うんだけど、今はあんまり時間がないんだ。後日、余裕がある時に改めてお誘いしたいな」

余裕。

上半身がふらふらしているクノンは、確かに今は、余裕がなさそうだ。

そして、断るのではなく延期である辺り。

実にクノンらしい。

「そうですか。それがいいですね。帰って休んでください」

「そうしたいんだけど、用事があってね……まだ休めないんだ」

「例の開発ですか？」

何をしているかは知らないが。

クノンは何ヵ月も、何かの開発実験に着手している。

聖女は仕事繋《つな》がりでよく会っているが、同期のハンクとリーヤは「最近クノンと会えていない」と寂しそうである。

「それもあるんだけど、そろそろ細工師に箱の飾りを頼まないと……」

「箱の飾り？」

「うん」

クノンは頷き、ポケットから金属の箱を出した。

さっき冒険者ギルドで出した霊薬保管箱だ。

「これはね、僕の大切な人にあげるために作った物でもあるんだ。大切な贈り物だから、見た目もちゃんとしないとね」


霊薬を補充するのは難しいかもしれない。

だが、ほかの魔法薬を入れてもいいだろう。

騎士を目指していると言った許嫁《いいなずけ》に。

きっと生傷が絶えない、厳しい訓練の日々を送っているだろう許嫁に。

次に出す手紙に添えて贈ろうと、クノンはそう決めていた。

本当なら「魔術を入れる箱」をあげたかったが、あれは完成にはまだまだ遠いから。

いずれは贈りたいが、しかし今は。
これがクノンの精一杯である。

第五話　魔帯箱

いよいよ佳境だった。

今年度も、残るは一ヵ月。

卒業する者は学校を去り、それ以外は進級か留年である。

そんな年度末。

そろそろ陽射《ひざ》しの強い夏めいた日が多くなってきた頃。

「——できた……！」

ついにクノンたちは、魔道具開発の節目に到達した。

「魔術を入れる箱」。

名を改め「魔帯箱」と名付けられたそれは、ようやく試作品が完成した。

そう、試作品だ。

まだ実用には耐えられない、あくまでも雛形《ひながた》である。

しかし、これが完成した意味は大きい。

後は試行を重ねて、どんどん完成度を高めていけばいいのだ。

「ついにか！」

「ようやく、あはっ、あはははははははっ、ようやく眠れるっ！」

「さすがに今度のは長かった……あ、涙が……」

「……もう寝ていいんだよな？」

ベイルは喜んだ。

ジュネーブィズは感情のこもった声で笑った。

エルヴァは泣いた。

ラディオは目を伏せた。

全員が疲れた顔をしていたが、それでも、どこか晴れやかだった。

何人かは達成の喜びより、苦行からの解放を歓迎しているが。まあそれも疲れと睡眠不足が解消されれば、相応に喜ぶことだろう。

「はあ、ようやく……」

途中から参加した雑用のエリアも、これで一安心だ。

もう、大きな子供たち五人の面倒を見なくて済む。

大変だった。

本当に手が掛かった。

何度注意しても毎日散らかすし、寝る時間も食べる時間も自分からは取らないし。

何日も着替えないし。風呂《ふろ》に入らないし行水さえしないし。それで平気な顔をしているし。

彼らの手綱を握るのは、想像以上に大変だった。

何しろ言っても聞くけど実行しないのだから。

「ここまではやらせろ」とか「もう少しだけ」とか。

その先延ばしに、本当は区切りなど存在しないと気づいたのは、延長延長で夜が明けた時だった。

あの時は眩暈《めまい》がした。

彼らは放っておくとダメだ、と思い知った。

楽しいことに夢中で、それ以外が目に入らないのだ。

それこそ子供のように。

開発が終わったのなら、エリアの仕事も終わりである。

――本当に、大変だった。


試作品完成から一晩を経て、再びチームは集まった。

ひとまず一日休んでから、となったからだ。

「これが『魔帯箱』……」

それは金属でできた箱である。

いや、箱というには、少々奇抜な形である。

率直に言えば、二枚のフライパンを上下で合わせたような、平たく丸い形状だ。

――エリアがそれを見たのは、これが初めてだった。

彼女は開発には関わっていない。

だから、できるだけ見ないようにしていたのだ。自分はあくまでも雑用としてここに出入りしているから、と。

エリアなりのけじめだった。

「初級の魔術が三日間保存できた」

と、ベイルが言う。

一日しっかり休んだので、エリアが好きな元気な先輩の姿である。死相も出ていない。

「へえ」

三日間だけ、と聞けば短いと思うだろう。

しかしエリアも魔術師であり、研究者である。

不可能なことができるようになった——この意味の大きさは、よくわかっている。

「開けてみてくれ。中には四日目の『水球《ア・オリ》』が入ってる」

「え？　私がですか？」

「この中でちゃんと見たことがないのは、エリアだけだからな」

全員が開発者である。

さあ驚け、と言わんばかりに、全員がエリアを見ている。

「じゃあ、失礼して……」

エリアはドキドキしながら、手を伸ばす。

開発者を除いて。

一番最初にこの世紀の大発明に触れる者は、自分である。

だがそれより、すごい魔道具に触れる感動の方に、強く緊張していた。

少しだけ震える指先で、平たい箱を開けた。

と——

「うわっ」

開けた途端、隙間からどろりと水が漏れてきた。

「あ、魔術が解けてる」

クノンの言葉の意味は、「水球《ア・オリ》」ではないという意味だろう。

この水は魔術だった水だ。

つまり、保管に失敗した結果である。

「四日目はやっぱりダメか」

「三日が限界なのは変わらずですね」

「ふふ、うふふ………あははは。はあ。実用化はまだまだ先だね」

ベイル、クノン、ジュネーブィズがそんな話をしている横で。

「こちらが三日目ね」

と、エルヴァが保管三日目の魔帯箱を、エリアの前に置いた。

試作品もいくつか数があるようだ。

まあそれはそうか。一つだけでは耐久実験もやりづらいだろう。

「あ、うん。じゃあ開けるね」

一回肩透かしを食らった。

どろりと出てきた水に、緊張も感動も流された。

二度目のエリアはさっと手を伸ばして、何の抵抗もなくパカッと蓋《ふた》を開けた。

と――

「あっ」

今度は成功だ。

目の前……蓋を開けたそこに、毛なしデカネズミの毛あり小サイズがいた。

箱の大きさに合わせた手のひらサイズである。

「すごい！　これ三日前に入れたの⁉」

非常に可愛《かわい》いそれをさっと腕に、いや両手の中に抱き締める。小サイズだから。

可愛い。

小さいがいつもの手触りと温度だ。水とは思えない触感だが、今更そこはいい。

三日前に使用した魔術とは思えない。

箱の蓋と底に、複雑な魔法陣が描かれている。かなり高度な技術で成り立っているようだ。

「三日は大丈夫なんだよなぁ」

「改良案は思い浮かぶが、時間がな……」

クノンとベイルは、まだまだやる気はあるようだ。

だがそれでも、ここが一区切りであることは、双方納得しているのだろう。

「時間というより、ふっ、あは、体力面がもう……何度か死ぬって思ったのは私だけかな？　起きてるのに走馬燈《そうまとう》のようなものが見えたり……はは……でもこれはこれで幸せな死に方かなぁ」

ジュネーブィズが死んだ目で呟《つぶや》く。

いやそれは本物の走馬燈だ、とエリアは思った。

「長丁場だったものね。私もここまで長いのは初めてだったわ。えっと……五ヵ月くらいでしょ？」

「……そんなに経《た》つか……俺も仕事が溜《た》まっているだろうな……」

改良の余地はある。

改善の余地もある。

だが、各々の生活もあるのだ。

五ヵ月も掛かりっきりになっていた以上、いろんなものが滞っているはずだ。

さすがにこれ以上時間を拘束されるのは本当にまずい。

現時点でもすでに色々まずいのだから。

「――皆さん、お疲れ様でした。魔帯箱の開発はここで一度終わろうと思います」

クノンもそれがわかっているようで、終わりを宣言した。

言わずとも全員同じ気持ちだが。

しかし、開発リーダーが言うことに意義がある。

「ベイル先輩、ありがとうございました。ジュネーブ先輩、ありがとうございました。ラディオ先輩、ありがとうございました。

エルヴァ先輩もエリア先輩も、素敵な女性と長く過ごせたことにも感謝します。ありがとうございました。

僕もそうですが、皆さんも頭の中では、まだまだアイデアや改善案が出ていると思います。今この時も色々思い浮かんでいるはずです。

それはできる限り書き留めておいてください。

またいつか必ず、このメンバーで、この試作品を完成に近づける開発を行いましょう。

次は開発期間を区切りましょうね。

いつ終わるかわからない、先が見えない作業は僕もちょっと怖かったので。まあ僕は先も目の前も見えませんけどね」

こうして、五ヵ月にも及ぶ実験。

「魔術を入れる箱」改め魔帯箱の開発は、一つの区切りを迎えたのだった。

◆

──おかしいな、夢でも見ているのか。

あるいは、そう。

今現在、まだ、あの終わりの見えない魔帯箱開発の最中《さなか》にいるのではないか。

開発が終わったという昨日の出来事こそ、あの苦行の果てに見た、悲しい夢だったのではないか。

クノンが真っ先に思ったのは、そんな陳腐な感想だった。

昨夜は、久しぶりに何も考えずに熟睡できた。

ぐっすり快眠した。

まだその眠りの中にいるのかと疑った。

次に思ったのは「目的地を間違えただろうか、近くの女性に確認してみよう」だった。

「そこの美しく可憐《かれん》で神秘的でありながらもミステリアスでもありつつでも親しみも覚える魅力的で親切なレディ、ちょっといいですか？」

「「はい」」

何人か返事をしたが、この際それはいいだろう。

クノンにとっては女性はだいたいそうだから。例外こそ中々いないのだ。……一人男の声が混じっていたのは少々解せないが。

まあ、それも、今はいいだろう。

目の前のことに比べたら、大したことじゃない。

「どうせ迷うならあなたの魅力に迷いたいのに、どうやら僕は道に迷ってしまったようです。第十一校舎に行きたいんですが、ここはどこら辺になりますか？」

間違いはない、と信じている。

ほぼ一年間、毎日のように通っていた校舎だ。目が見えなくても身体《からだ》が覚えているのだ、間違えようがない。

しかし、疑って当然だろう。

今朝、第十一校舎があるはずのそこには。

見覚えのないいいいものがあるのだから。

「ここだよ」

「ここで合ってるよ」

「ここが第十一校舎のはずだけど……」

「朝からナンパか、クノン。この状況で余裕だな」

数名の女性の声と、さっき混じった男の声がほぼ同時に返ってきた。

「……あれ？　もしかしてベイル先輩？」

さっきは目の前が衝撃すぎてピンと来なかった。

今度はわかった。

この声はもう馴染《なじ》んでいる。

つい昨日まで、半年近くを一緒に過ごした、「実力の派閥」代表ベイル・カークントンである。

——いや、それも今はいいのだ。

「先輩とレディたちの言うことは本当ですか？」

そうだ、と異口同音で肯定の返事が返ってきた。

ここは第十一校舎。

クノンが毎日のように過ごしてきた、クノンの居場所で間違いない。

あの魔帯箱の開発も、この校舎の一室でやってきたのだ。本当に昨日まで通っていた場所なのだ。

では、なんだ。

これはいったい何なんだ。

「僕の勘違いですか？

ここ……昨日まで第十一校舎があった場所、森になってません？」

とんでもなく巨大な木が真ん中にあって。

周りにわさわさと緑が広がっていて。

濃い植物の匂いがして、鳥のさえずりがうるさいくらい聞こえて。

あの大きかった校舎をすっかり飲み込むほどの、大きな森になっていやしないか。

「なってる」

「なってるよ」

「私の研究室もここなんだけど……」

なっているそうだ。

魔力視でも「鏡眼」でも確認したが、間違いなく、ここには森が広がっている。

そして周りには、困惑する生徒が集まっている。

おーすげー、とはやし立てる野次馬もいる。

他人事《ひとごと》だとちょっとしたイベントに感じるのかもしれない。

当事者からすれば大変でしかないのだが。

そう、周りもクノンと同じように困惑しているのだ。

野次馬を除いて。

「きっと誰かなんかやったんだろ。数年に一度、誰かこういうデカい失敗をやるんだよな」

そんなベイルの言葉には、余裕が窺《うかが》えた。

立場上、大規模な誰かの失敗、というものに慣れているのかもしれない。

リーダー役は大変だ。

つい先日まで続いていた開発実験で、クノンも度々実感した。リーダーは何気にやることが多くて大変だった。

――だが、それよりだ。

やらかし。

緑。

大木。

クノンの脳裏にとある人物の姿が思い浮かぶ。

行くたびに鉢植えが増える研究室にいる、女子生徒の姿だ。

「これ、大惨事じゃないですか？」

「そうだな。今回のは長い魔術学校史でも、かなりデカい事件だと思うぜ」

「ちなみに先輩はここに何か用事が？」

「後片付けだよ。例のアレ、レポートとかまとめないといけないだろ」

クノンらの間で「例のアレ」と言えば、魔帯箱のことだ。

「あ、もしや手伝ってくれるつもりで？」

開発は終わった。

だが、まだやることは残っているのだ。

「まあな。あの量を一人でやるの大変だろ？　だから俺くらいは付き合おうかと思ってな」

それはリーダーであるクノンの役目だと思っていた。

五ヵ月間、思いつく限りの実験と試験を繰り返した。

そして雑な覚書として残してきた。

それらを清書しなければならない。

要は書類整理だ。

まだ内容が頭に入っている間にやらないと……時間を置くと、書いた本人さえ解読できなくなる。

それくらい雑な字で書き殴っているのだ。

まとめられる部分をまとめ、必要ない記述を削り、できるだけコンパクトにして資料として残す。

何せ五ヵ月分の研究の成果。それも五人分だ。

誰かが読むだけでも大変だろう。

もちろん、学校に提出する必要もあるので、そのレポートも作成する必要がある。

……あるのだが。

……残りの一ヵ月でまとめてしまおうと思っていたのだが。

「これ、僕らの研究室はどうなっているんでしょう？」

「研究室はダメだろうな、校舎自体が無事じゃないから。だが研究成果なら残ってはいるんじゃないか？　救出が難しそうなだけで」

謎の森が校舎を呑《の》み込んだ。

だが、校舎自体がなくなったわけではない。

完全に瓦解《がかい》はしているらしいが。

つまり、校舎の瓦礫《がれき》の中にすべて埋まっている、ということだろうか。

「これって大変じゃないですか？　こんな風にのんびり話しててていいんですか？」

あまりのことに、クノンはちょっと感情が追いついていない。

喜びも悲しみも怒りもない。

今はただただ驚き、困惑している状態だ。

「まあ、大丈夫だろう」

しかしベイルは平然としていた。

「――この学校《う ち》の教師は世界で通用する人たちばかりだぜ？　更にはグレイ・ルーヴァもいる。俺たちじゃどうしようもないが、あの人たちに掛かればこれくらいどうにでもなるだろ」

なるほど、とクノンは思った。

周囲で聞くともなしに聞き耳を立てていた生徒たちも納得した。

そうだ。

ここには世界一有名な魔女グレイ・ルーヴァがいるのだ。

この程度のことなら、どうにでもできるだろう。


「――アッハッハッハッハッ！」

その頃。

森になった第十一校舎の報告を受けたグレイ・ルーヴァは、大笑いしていた。

「一晩で校舎一つ潰《つぶ》したかい！　いいじゃないか！　実にいい！」

校長室に報告を持ってきたのは、教師サーフ・クリケットである。

彼は呆《あき》れた顔で、目の前の「四角い影」を見ていた。

「笑い事じゃないでしょう」

ここは校長室、というか彼女の執務室である。

この影の中に、グレイ・ルーヴァがいる。

サーフはまだ彼女の尊顔を拝したことはない。

だが、影越しで何度か酒を呑み、言葉を交わしたことがある。彼女は呑み会や忘年会などにはたまに来るのだ。

偉大な方であるのは間違いない。

こと魔術に関する相談事で、返答がなかった例《ため》しはない。

それと同時に、意外と話しやすい人だ、というのも知っている。

「笑わないでどうする！　成功も失敗も大いにやればいいのさ！　最近の魔術師はやれ理論だ理屈だと小難しく考えてやることが小さいんだよ！　退屈極まりない！」

後始末をする側からすれば、とんでもない発言だ。

「で？　誰がやったんだい？」

「恐らくは特級クラス一年生のレイエス・セントランスです」

「セントランス？　ああ、今代聖女か。……アッハハハハハッ！　今度の聖女は面白いな！　前の聖女もその前の聖女も大人しすぎてまったく記憶にないよ！」

「だから笑い事じゃないですって」

校舎はメチャクチャだ。

わずかたりとも原形をとどめていない。

そこを拠点にしていた生徒もたくさんいたのに。

「聖女に森か。輝魂樹《キラヴイラ》でも芽吹かせたかね」

「輝魂樹《キラヴイラ》、ですか……」

古代の樹木の名前である。

聖教国の崇《あが》める神の樹《き》、と認識している。

彼の国の教典にも出てくる名だが、サーフはそれくらいしか知らない。

「実在するんですか？」

「するよ。昔は瘴気《しょうき》の影響が強くてね、痩《や》せた土地、枯れた土地ばかりだったのさ。そんな世界を蘇《よみがえ》らせたのが、何十何百という輝魂樹《キラヴイラ》だ。

聖教国の唱える言い伝えはほぼ事実さ。輝女神キラレイラの与えた霊樹の種が、魔王が汚染したこの世界を復活させたんだ。

まあ、今となっては用なしだがね。癖のある特性を持つただの木さ」

まるで見てきたかのような言葉である。

——いや、実際見ていたのかもしれない。

グレイ・ルーヴァは不老不死だと言われている。

いつから生きているかなんて、本人しか知らない。

「あれは魔的要素の多い場所で芽吹かせたら、あっという間に吸い込んで育っちまう。魔術学校《ここ》で育てようとしたなら、そりゃいきなり大きくもなるだろうさ」

「……大変興味深い話ですが、その辺のことは一旦《いったん》措《お》いておきましょう。

これからどうするかを伺いたいのですが」

一晩で校舎全壊である。

生徒たちも困惑していることだろう。

サーフとしては、一刻も早い解決案を提示し、生徒たちを安心させたい。

聖女レイエスも、今頃は自分のやらかしたことに顔を青くしているかもしれない。

彼女のためにも早期解決するべきだ。

「魔術学校の意義としては、そのまま残すべきだろうね。

あの木は研究のし甲斐《がい》があるよ。どんな種だって輝魂樹《アレ》の周りに植えたら確実に育つ。

時期も気候も関係ない。水分だって必要としない。おまけに悪いものをはじく呪術効果も持っている。

教師も生徒もきっと興味を抱くはずさ」

確かに興味深い。

植物関係は専攻していないサーフでも、非常に関心のある特性である。

「力を使い果たしたら枯れちまうが、それだって百年も二百年も先だろう。

まあ、その頃にはこの街すべてが森になっているだろうがね。ヒッヒッヒッ」

だから本当に笑い事じゃないのだが。

「このまま残すおつもりですか？」

「まず言いたいね。これは失敗なのかい？」

「……いえ、違うと思います」

そう、失敗ではない。

あくまでも育てたモノが規格外すぎただけ、という話だ。

校舎を潰したことだって、聖女レイエスの意図するところではなかっただろう。

彼女はあくまでも育てるのが目的で、それ以上は何もなかったはずだ。

履き違えてはいけない。

あくまでも、結果が大変なことになっただけ。育てようとした彼女は目的を達成したのだ。

──まあ、本当に原因が輝魂樹《キラヴイラ》であれば、という前提の話だが。

「ならば撤去や移動など無粋ではないかね？　儂《わし》は、どこまでも魔術を探求できる安全な環境を提供しているつもりだ。

成果と結果は別の話だろ。

人道を外れない限り、魔術師のやったことに罰を与えるべきではない。その成果だって本人が破棄を希望しない限り、残すべきだね」

魔術を探求できる安全な環境を提供する。

それがこの学校の存在意義だ。

この言葉は、教師なら誰もが知っている、まず覚えるべき校長の教えである。

いくつか校則なども存在するが、実はそこに彼女は関わっていない。あくまでも学校経営がやりやすいように、経営に関わる者が作ったルールだ。

グレイ・ルーヴァは、先の大原則以外のことを求めないし、強いたりもしない。

今も昔も変わらずに。

「では木のことはそうしましょう。

しかし、壊れた校舎の中には、生徒たちの研究や実験の成果が残されています。それはどうにかしないと」

「つまり輝魂樹《キラヴイラ》に巻き込まれたガキどもの私物を取り出せれば良いのだな？

儂に任せよ。

どうせ第十一校舎も再建せねばならんからな、調査がてら軽く掃除もしてやろう。

生徒には、たかが敷地内に小さな森ができただけで大騒ぎするな、とでも伝えておきな」

よかった、とサーフは胸を撫《な》で下《お》ろした。

グレイ・ルーヴァが「任せろ」と言ったなら、もう安心だ。

世界一の魔女は、約束を違《たが》えない。

「――それにしてもわからんな」

サーフの気が抜けた瞬間の言葉だった。

一瞬、グレイ・ルーヴァが何を言ったかわからなかった。

彼女はサーフの返答を待たず続けた。

「たった一晩で森だと？　いくら魔的要素の多い魔術学校《こ》でも、そこまで急激に成長せんはずだが……それに瘴気を帯びない魔力なら、そこまで吸い込みゃしないんだがね。

誰かが何かしたかもしれんな」

「……？　つまり、人為的な何かがあった、と？」

誰かが輝魂樹《キラヴィラ》を成長させたのか？

何のために？

「半分当たりだな」

首を傾げるサーフに、グレイ・ルーヴァは言った。

「――何者かが関わったのは確かだろう。しかし人には無理だ。儂以外にはな。ゆえに、人以外の何かの仕業だろう。

さて。

精霊か妖精《ようせい》か、はたまた神の悪戯《いたずら》か。こればっかりは調べてみんとわからんな」


「——私の単位カードも！」

「——俺の買い置きの肉もあそこにあったんだぞ！」

「——どうしてくれるのよ！　私の研究室メチャクチャなんだけど！」

「——ちょっと！　あれあんたの木でしょ！」

変わり果てた第十一校舎前に、犯人と思《おぼ》しき人物がやってきた。

聖女レイエス・セントランスだ。

彼女は大きな木を見上げながら、ゆっくりと歩いてきた。

責める人など見えないのか、視線は大木から離れない。

「待て待て！　責めてもなんの解決にもならないだろ！」

「実力」代表ベイルが庇《かば》うが、如何《いかん》せん責める声が多すぎる。

「お、落ち着いてください！　魅力的なあなたたちに怒りなんて似合いませんし、ひとまず彼女の話を聞いてからにしましょう！　魔術に失敗なんて付き物じゃないですか！」

クノンも必死になって庇い立てた。

数ヵ月前の狂炎王子との一戦で。

具体的に言うと、クノン×狂炎王子だか狂炎王子×クノンだかの一件で。

あれ以来、異様に女子人気が高まっているクノンの言葉は、まあまあの影響力があった。

少しだけ女子の声は収まった。そして引っ張られるように男の声も少し静まった。

これで聖女の声が通りやすくなった。

聖女の言葉を聞く態勢が整った。

ここで謝罪の言葉が出れば、ひとまず、この場はどうにかなりそうだ。

社会経験も交友経験も少ないクノンにさえ、それがわかった。

怖いのは、社会経験も交友経験もクノンより少なく。かつ感情が乏しい聖女に、正解がわかるかどうかだ。

――外してもいい。

――せめて、火に油を注ぐような言葉じゃなければ、それでいい。

クノンも、ベイルも。

責める気がない者も。

可愛《かわい》い女の子を責めてるなんてどうかしてるぜ、と思っている野次馬も。

あるいは、もっと騒ぎになれと思っている野次馬も。

固唾《かたず》を呑《の》んで聖女の言葉を待った。

彼女は、周りに一瞥《いちべつ》さえくれず。

森の前に佇《たたず》み。

すーっと静かに涙を流し。

そして、口を開いた。

「――私の子が、あんなに大きく育って……」

謝罪の言葉じゃなかった。

なんだかよくわからないが泣いている。

責めるべきか、責めざるべきか。

微妙に判断が難しいところだ。

どういう意味の涙かはわからない。

だがきっと。

謝罪の意、謝罪の感情で流れたものではないだろう。

あまりにも美しい涙だからだ。

あれには負の感情は一切感じられない。

一部の女子が得意とする「泣けば男たちがなんとかしてくれる姫の涙」などより、圧倒的に美しいので、そういう意図もなさそうだ。

まあ、この場合。

美しいのもどうか、という声が上がりそうだが。

だって求められているものは、それじゃないから。

「――絶対悪いと思ってないでしょ！」

数瞬の間を置いて、誰かが気づいた。

そう、謝罪や罪悪感から出た涙ではない。

言葉からして絶対に違う。

だがその声は少し遅かったようだ。

「──どこ行くのよ！　ちょっと！　そこの聖女！」

いやほんとにどこ行くんだ、とクノンまでもが思った。

聖女は静かに涙を流した後。

誰の声も聞こえないとばかりに、森へ向かっていく。

いや、振り返った。

「私の居場所へ」

一拍の間を置いて。

「──あんたが私らの居場所を台無しにしたって話をしてるんだけど！」

「──私の実験レポートどうしてくれるのよ！」

「──俺の肉もどうしてくれる！」

怒号が飛び交った。

居場所。

片や居場所を壊されて、片や居場所へ行くという。

悪気はないのだろう。

しかし、なかなか皮肉が利いていた。

「──謝れ！　こら！」

「──ちょっと聖女だからって調子に乗ってるでしょ！」

「──クノン君と仲いいのどうにかしなさいよ！　皇子がかわいそうでしょ！」

なんだかよくわからない声も上がる中。

一言でいいから振り返って謝れよ、とクノンまでもが思ったが。

しかし今度こそ、聖女は森へと消えていった。

もう振り返ることはなかった。


小さいながらも深い森である。

何があるかわからないから要注意である。

もっと言うと、魔術的な要因で生えた森なら普通であるわけがないのだ。何が生息しているかわかったものじゃない。

そんな正体不明の森に行ってしまった聖女を、追う者はおらず。

諸悪の根源が立ち去るのを見送り、立ち往生していた生徒たちの前に。

「――あー、皆さん落ち着いて。落ち着いてねー」

教師サーフ・クリケットが現れた。

「色々言いたいことがあるだろうけど、まず私の話を聞いてね。質問は後で受け付けるから」

苦情が来る前に先手を打って黙らせ、サーフは説明を始めた。

「まだわからないことが多いから、森の調査はこれから行う。

だから今は、必要なことだけ伝えておく。

まず、この森はレイエス・セントランスが原因の一端を担っている可能性は高いが、彼女だけのせいではない。

いくら聖女でも、一日で森を作るほどの力はないからだ。

冷静に考えてくれ。

そこまでの力があるなら、誰に狙われてもおかしくないだろ？　聖教国は彼女を国から出すこともしなかったはずだ。つまり彼女単独で起こした事件ではないってことだ」

納得のいく説明だった。

聖女の力とは何なのか。

具体的かつ正確に把握している者は少ないが――聖女の逸話に「一日で森を作ることができた」などという無茶な話は出てこない。

歴代聖女の史実を紐解《ひもと》いたとしても、一切出てこない。

つまり、元からそこまでの力はないということだ。

しかし実際は森ができている。

だから、あくまで聖女が原因の一端を担っている。

原因の一つではある、と表した。

「次に、各々が教室に置いていたレポートだの私物だのだけど。

これは安心していい。教師が回収を約束しよう」

そこだ。

一番大事な部分を保証され、何人かは安堵《あんど》の溜息《ためいき》を漏らした。

クノンとベイルもほっとした。

第十一校舎には、魔帯箱の試作品と山のようなレポート、そして図書館から借りっぱなしの本が山ほどあった。

どちらも貴重なものだ。

何があろうと回収しなければならないと思っていた。

――それと、今クノンは失念しているが。

自分の研究室に貯《た》めてあるお金も回収しなければならない。

魔帯箱の開発が始まってから、一度も回収していないのだ。無造作に机の引き出しに突っ込んできたので、かなりの額が貯まっているはずだ。

回収しないと、支払いが滞っている侍女の給金がピンチだ。

「それと、この森に関してはしばらく立入禁止とする」

――サーフは、森の中央にある巨木が輝魂樹《キラヴィイラ》であることを、しばらく伏せるよう命じられている。

特に特性だ。

森の近くに植えたらどんな種であっても芽吹く、なんて危険な情報を、徒《いたずら》に伝えるべきではない。

絶対に軽い気持ちで試す者が出てくる。

きっと何人も出てくる。

若者の好奇心が憎くなるほどに出てくる。

その結果、もっと広範囲に緑化が進んだら、後始末がより大変なことになる。

だから今は話せないのだ。

なぜ輝魂樹《キラヴィイラ》が活性化したのか。少なくとも、その原因がわかるまでは秘密にする。

グレイ・ルーヴァはそう方針を打ち出した。

どうせいつまでも隠せることではないので、あくまでも今だけだ。

「崩れた第十一校舎は近い内に別の場所に再建され、この森はこのまま残すことになった」

聖教国への報告もしなければならないし、向こうの要望もあるだろう。

輝魂樹《キラヴイラ》が育ったなら、彼《か》の国が欲しないわけがない。

向こうの要求によっては、もしかしたら植え替えなんてことになるのではないか――そんな心配をしたサーフだが、グレイ・ルーヴァははっきり言った。

――「この場所にあるなら自分の物だ。魔術師の研究材料をよそに引き渡す理由はない」と。

彼の国にとっては、輝女神キラレイラの現身《うつしみ》、分身のような存在だ。

とても神聖な代物である。

しかしグレイ・ルーヴァにとっては、ただの研究し甲斐《がい》のある樹《き》でしかない。

そういうことである。

「あとは……ん？　なんだ？」

クノンが挙手しているのを見て、サーフは視線を向けた。

「さっき立入禁止って言いましたよね？」

「……？　ああ、言ったが」

「あの、レイエス嬢がさっき、中に」

「入ったのか？　あ、そう……でもまあ大丈夫だろう。キーブン先生が様子見で先行しているからな」

あの土属性の教師は嬉々《きき》として。

謎の森の出現と聞くや飛んで現れ、喜び勇んで森の中に突入していった。

さっきから鳥の鳴き声がうるさいのは、キーブンが調査しているせいだろう。

いわゆる警戒の声というやつだ。

「とにかく入らないようにな。レイエス・セントランスにも出てきたら注意しておくから。それから――グレイ・ルーヴァから皆への伝言を預かっている」

その名が出た途端、生徒たちの背筋が伸びた。

この学校の校長にして、世界一の魔女の名である。

自分たちの誰よりも魔術の深淵《しんえん》にいる、偉大なる方である。

畏《かしこ》まらずにはいられない。

「ちょっと森ができたくらいで大騒ぎするな、だそうだ」

さすが世界一の魔女。

校舎が全壊しても、森が生えても、彼女にとっては些事《さじ》でしかないようだ。


サーフ・クリケットは、今後の方針についても語った。

まず、書類や本やその他金属などは回収できる。

明日には完了するが、全部混ざっているから選別は自分たちですること。

すべて仕分けが完了するには、最長一ヵ月を想定している。

その間に第十一校舎を再建し、必要な後始末もする。

後に「第十一校舎大森林化事件」と名付けられるこの森林化現象の調査は、今年度が終わるまでを見越している、ということだ。

なお、もし現段階で単位が足りない者がいたら、選別完了により単位を一点ないし二点与えるそうだ。仕分けに時間を取られるので緊急措置である。

次に、研究室に置いていた私物。

物品や薬品、魔的素材の故障及び破損、紛失等々。

これに関しては金銭もしくは金品での補償をする。

その際支払うのは、この事件に関わった者になる。原因追及の上に責任を問うものとする。

要するに、犯人に損害賠償責任を負わせる、という話だ。

現時点でわかっているのは、何割かは聖女負担になるかもしれない、というところか。

「――被害が校舎だけだったのは幸いだった。寮だったらもっとややこしくなっていただろう」

慰めになるような、ならないような。

だがサーフの言葉もわからなくはない。

校舎――自分の研究室に泊まることはあっても、さすがに住んでいる者はいない。

だからこの件で負傷者はいないし、各々明日の雨風をしのぐ場所もちゃんと残っている。

もちろん、寮が被害に遭っていれば、被害総額も跳ね上がっていたことだろう。住む場所がなくなるのだから、その分の生活費も損害賠償に上乗せされる。

ちなみに校舎の再建費用は学校側が負担するそうだ。

学校施設の修繕費は学校持ち。

生徒個人の財産などは事件を起こした者の負担、という感じだろうか。

「危なかったな」

「そうですね」

クノンとベイルを含む魔帯箱開発チームは、つい先日まで活動していた。当然のように泊まりがけも多かった。

まあ、クノンは門限のせいで毎日帰宅はしていたが。

でも、気持ちは先輩方と一緒に泊まっていた。身体《からだ》は帰宅するが、気持ちだけはいつでもあの場所に置いて行った。

そのつもりだ。

――なんだかよくわからない理屈だが、クノンはそう思っていた。

とにかく。

泊まっている時に事件が起こらなくて助かった。

もし巻き込まれていたら、怪我《けが》だけでは済まなかっただろう。その点だけは不幸中の幸いである。

「あ、戻ってきた」

サーフにより、やや具体的な話が済んだ頃。

森に行った、または居場所に還《かえ》った聖女レイエスが、教師キーブン・ブリッドと共に出てきた。

今後の方針を聞いたところで、生徒たちは落ち着いてきていた。

もう聖女を責めよう、なんて思う者はいなかった。

何しろ、聖女有責の話ではない可能性があるのだ。責めるのはお門違いであるかもしれない以上、あまり強くは言えない。

そんな聖女は、入った時と同じ無表情で出てきた。

――ただし、格好はボロボロになっていたが。

美しい銀髪は乱れに乱れ、顔や服に泥汚れが付いている。

まるで森で転んだかのようだ。

クノンの魔力視では、細かい違いは見えないが。

それ以外の見える者は、何かがあったと一目で気づいた。

「おいおい大丈夫か？　――何かありましたか？」

聖女の乱れっぷりにサーフが声を掛ける。後の言葉はキーブンに向けられたものだ。

「まあ、なかったとは言わんが……」

キーブンは苦笑している。

「サーフ先生」

ボロボロなのに無表情の聖女に呼びかけられ、サーフは少し動揺した。

「あ、ああ。なんだ？　どうした？」

「風の魔術で鳥よけをお願いします」

「鳥？」

「――鳥は害獣です。私は鳥を許さない」

どうやら聖女は鳥に襲われたようだ。


とりあえずだ。

「それぞれの派閥に注意事項を伝えておいてくれ。では、解散」

必要な話は済んだので、解散となった。

ここを拠点にしていた者はともかく、野次馬たちは、それぞれいるべき場所へと散っていった。

森が発生した理由は、これから調査が入る。

調査結果が出るまで立入禁止。

第十一校舎は、これから一ヵ月を掛けて再建する。

今のところ覚えておくのは、この三つだけだ。

「クノン、俺も一旦《いったん》拠点に戻る。中の回収が済んだらまた来る」

「わかりました。後日また」

「実力の派閥」の代表であるベイルも、通達事項を持って一度引き上げるようだ。

元々特級クラスの生徒は少ない。

それだけに、第十一校舎を拠点にしていた生徒も少ないのは幸いだった。

迷惑を被った者も少ないし、賠償金も少なめで済むはずだ。

「それで、中はどうでした？　何か危険は？」

サーフは、まだ十名足らずの生徒が残っている前でキーブンに問う。

森の中はどうなっていたか、と。

普通なら、教師たちだけで情報を共有すればいいかもしれない。

だが、ここに残っている生徒たちは、被害者である。最低限のことくらいは知る権利がある。

何より、迂闊《うかつ》に森に入り込む者が出てくるかもしれない。

ちょっと必要な物を取りに行くだけだから、と。森を甘く見て。

何があるかわからない場所に、軽い気持ちで入られては困る。

「いやあ、すごいよサーフ先生」

と、キーブンは笑う。

「この中、作物でいっぱいだったよ」

「作物、ですか……それは野菜とか果実とか？」

「そうそう。どうもレイエス・セントランスの研究室にあった種や植物が根を張り、野生化しているようだ」

――キーブンは、中央の巨木が輝魂樹《キラヴィイラ》だとはまだ知らない。

だからこそ、この不可解な緑化事件に強い興味と関心を持っていた。

まあ、知ったところで興味も関心も薄れるとは思えないが。

「周辺……森の外側は、校舎外にあった雑草なんかが広がったみたいだ。でも中は畑のようだよ。鳥が集まっているのも、ここは食べ物が豊富だからだ。熟れた果実の匂いとかすごかった」

そんな説明を聞き、クノンは理解した。

聖女が鳥を憎むに至った理由。

それは、襲われたからではない。

自分が大切に大切に育てていた作物を、鳥に食い荒らされていたからだ。

しかも鳥たちは、「これはもう自分たちのものだ」と言わんばかりに、聖女を排除しようとしたのだろう。

聖女からしたら、我が子を取り上げられた気分になったに違いない。

許しがたいと思うはずだ。

――その聖女は今、同じ校舎に研究室を構えていた女生徒たちに、身だしなみを整えてもらっているが。

さっきは責めたりもしたが。

落ち着いた彼女たちは、もうその気はない。

それどころか、たまに果実や野菜といったものを、聖女からお裾分《すそわ》けしてもらっていたそうだ。

知らない仲ではなかったらしい。

あの聖女がご近所付き合いもしていた。

あの聖女が、だ。

知らなかった――クノンは地味に驚いた。

「危険らしい危険はなかったと思う。人を食いそうなほど大きな食虫植物もあったが、俺たちにも鳥にも無反応だった。あれも危険はなさそうだな」

「そうですか。ではひとまず害はないと見てよさそうですね」

「そうだな。本格的な調査はこれからだが、中で育っている植物の傾向を見るに、危険はないだろう。毒草の類も見つからなかった。

環境的に魔物が迷い込む場所でもないし、危険な動物が潜んでいることもないだろう」

何しろディラシック魔術学校の敷地内である。

もっと言うと、ディラシックという都市の中である。

鳥型のようなものを除けば、魔物が来られるような場所ではない。

──更に言うと、輝魂樹《キラヴイラ》は魔を遠ざける力を持っている。並の魔物では近づくことさえできない。

「わかりました。では鳥よけだけ仕掛けておきましょう」

聖女じゃないが、鳥は遠ざけるべきである。

鳥は種を持ってくる。

食べた果実や植物に含まれた種を運び、糞として大地に還す。

輝魂樹《キラヴイラ》の周辺に落ちた場合、これが確実に芽吹くのだ。

まだ調査も始まっていないのに、森が広がってしまう。

それはさすがにまずい。

そんなことを考えながら、サーフはちらりと聖女の方に目を向けた。

「──え、ほんと!?　大きなトマトが生《な》ってたの!?」

「──大粒の木苺《きいちご》が群生!?」

「──肉は生えてないのか？　俺の肉は回収無理だろうな……」

「──僕はリンゴが好きだけど麗しき君たちはどんな禁断の果実が好きなのかな？」

周囲からの質問に、聖女がつらつらと答えているようだ。

注意を無視してこっそり森に入らなければいいが、とサーフは思った。

第六話　輝魂樹《キラヴィラ》と森の調査

「――軽く調査した結果は以上になります」

謎の森が生えた日の夜。

校長室には、森の調査に乗り出していた教師たちが集まっていた。

植物と薬草学を研究しているキーブン・ブリッドと、ほかの土属性の教師数名だ。

世界でも名の知れた魔術師が教師を務める学校である。

これほど有能な調査員はいない。

「ふむ。内部は畑のようになっていた、か」

調査結果を聞いたのは、「四角い影」の中にいるグレイ・ルーヴァである。

「痕跡《こんせき》を見るに、収穫期を繰り返して種が落ちたのではありません。一晩で枯れるほどの速度で成長はしていないようです。

恐らくは、レイエス・セントランスが自分の研究室に保管していた種が芽吹いた結果だと思われます。それと鉢植えで育てていた植物も、鉢を壊して地に還り野生化したのではないかと」

種や鉢から野生に還った作物や果実、香草は、思った以上に広がっていた。

しかも、出来がいい。

形こそ不揃《ふぞろ》いだが、大きさと品質はなかなかだった。

いくつかサンプルとして持ち帰って検査をし、異常がないことを確認してから味見もした。

濃いし香りもよく、何より大きい。果実好きには嬉《うれ》しい限りだ。

「これは売れる！」と満場一致で思った。

きっと栄養価も高かろう。野鳥たちがあの場所を守ろうとしていた理由がよくわかった。

あの森ならエサは豊富。

外敵もいない。

巣を作り、繁殖するに打ってつけだろう。

まあ、今は風魔術で追い出してしまっているが。

それでもかなりの抵抗があったとかなかったとか。生きるとは大変なことである。

「生徒たちの私物やレポート、本はどうなった？」

「ありました。校舎の残骸《ざんがい》とともにあちこちに散らばっているようです」

校舎の内部から、巨木――輝魂樹《キラヴイラ》が育ったのだ。

中から破壊されただけに、四方八方に散っているようだ。

畑にあったり、香草の中に埋もれていたり。

輝魂樹《キラヴイラ》の枝葉に引っかかっているのもあった。

校舎の瓦礫《がれき》も散らかっているし、緑も深い。さすがにすべてを人力で探し出して回収するのは、不可能に近いだろう。

「――わかった。あとは儂《わし》に任せよ」

だが、この件はグレイ・ルーヴァが請け負っている。

任せろの一言が出たその瞬間から、不可能は可能になった。

「……ん？　なんだ？」

教師の一人が挙手していた。

「あなたが何をするか見ていたいのですが」

立場こそ違うが。

教師もまた、生徒と同じく魔術の探究者である。

グレイ・ルーヴァの魔術に興味がないわけがない。

「あぁ？　ああ……別に大したことはしないよ。この世界と儂の作った異界を一体化させて、入界許可を下すだけさ。

今回は、瓦礫や紙、本といったものを許可して、それ以外を除く。これで回収はできるだろう」

この世界と、異界。

異界の存在は知られている。

だが、自分で世界を作る魔術など、教師たちも初耳である。

「――魔道はもっと深いぞ。想像よりもっともっとだ。この儂とて未《いま》だ果てを知らんくらいにな。もっと発想を自由に羽ばたかせろ。常識に縛られるな。たまには手探りじゃなくて無責任に試してみろ。意外な発見もあるものじゃぞ」

そんなグレイ・ルーヴァの教えとともに、話は終わった。

世界有数の魔術師たち。

そんな彼らでも、まだ、彼女の足元にも及ばない。

それがわかっただけでも、教師たちには大変な収穫だった。

夜。
月明かりに照らされた魔術学校には、まったく人気《ひとけ》がない。
そんな時間、件《くだん》の森の前には、二人の人影があった。
一人は、人型の影そのもの。
グレイ・ルーヴァだ。
遠目で見ようが近くに寄ろうが、月明かりの下の闇夜より深い影そのものである。
だが、未発達な身体《からだ》のラインだけはわかる。十二、三歳くらいの少年か少女のようだ。
もう一人は、美しい銀髪の男である。
星の瞬きさえ見劣りしそうな美貌《びぼう》は、この世の者とは思えないほど整っている。
名はクラヴィス・セントランス。
大昔の十七王大戦で活躍した初代聖女の実子にして、最も魔王に愛されたいた児だ。
今はただのクラヴィスとして、この学校でのんびり教師をしている。
「お供しますよ。グレイ」
「好きにしろ」
短いやり取りを交わして、二人は森へ踏み込んだ。
途端——
「聖女の血は面白いな、クラヴィス」

そこかしこで、白く輝く光球が浮かんだ。

大小さまざまだ。大きいのは人くらいもあるし、小さいのは指先程度。

何百も、あるいは何千も。

遠目で見たら、この森がぼんやり光って見えるかもしれない。

「好かれすぎるのも考え物としか言えませんが」

光球の正体は、光の精霊である。

森を発生させる。

こんな悪戯が好きな精霊など、生まれたての子供だろう。

その証拠に、向こうから二人に語り掛けてこない。

まだ言語や意志さえおぼつかないのだ。自我さえないかもしれない。

——聖女の血は、光の精霊を惹きつける。

初代の実子だけに、クラヴィスは色濃く聖女の血を引き継いでいる。

そんな彼ならではの反応である。

「どこかから今代聖女と一緒に入り込み、そのまま住み着いていたんでしょうね」

「だろうな」

聞けば、昨今のレイエス・セントランスは頻繁に「結界」を使っていたそうだ。

「結界」の内部は、光の精霊が過ごしやすい環境となる。

紛れ込んでもおかしくないし、頻繁に使っていたなら住み着く可能性も高い。きっと聖女の実験室に入り浸っていたのだろう。

その証拠に、この数だ。

恐らく精霊の数は、十や二十では利かないだろう。

「ここまでは予想できた」

住み着くだけならいい。

せいぜい植物の成長が早いとか、作物の出来がいいとか、影響はその程度だ。

だが、そうでないとしたら。

「光の精霊が出てきた以上、今回の一件、精霊絡みである可能性は高いですね」

「問題は何をきっかけに動いたか、だな。クラヴィス。心当たりはあるか？」

「精霊と言えば、少し前に、生徒が闇の精霊を呼び出す実験をしたそうですね。あの時の精霊が敷地内に残っていたのかも」

「なるほど。友達ができたせいか」

光と闇は、世界創造の根源である。

光と闇。

我を忘れるほど仲が良く、自我を失いたくないから反発し合う。

そんな関係だ。

まだ自我がないなら、本能と存在意義のまま触れ合うこともあるだろう。

その結果が、天地創造——の、極小版。

今回で言えば、輝魂樹《キラヴィラ》の急成長。

そしてこの森だ。

「しかしこの場所は、闇の精霊には適さんだろう」

闇と名が付くだけあって、闇の精霊は明るい場所を好まない。

一日の半分くらいは明るい地上には、滅多なことでは現れない。

もしいるとすれば――「合理の派閥」が拠点にしている人工迷宮の最深部くらいだろう。

だが、距離がある。

あそこまで離れていれば、ここの光の精霊と交信はできないはずだ。

「グレイ、これ以上のことはここではわかりません。奥へ行きましょう」

「ああ」

光球の騒ぐ森の中、二人は足を進めた。


森の奥へと向かう。

「おっと。……野菜ですね」

夜の森の中である。

非常に足元が見づらい中、クラヴィスは何かを踏みかけた。

丸い何かだ。

一瞬誰かの生首でも転がっているかと思ったが、何のことはない。

ただの野菜である。

よく見れば、そこら辺にごろごろしている。

「水瓜《すいか》だな。うまかったぞ」

黄色の地に、黒い縞模様《しまもよう》の入った瓜《うり》である。

教師たちがサンプルとして持ってきたので、グレイ・ルーヴァは味見済みだ。

水分量が多く、とても瑞々《みずみず》しくて甘かった。

教師の何人かが「塩を振るとうまい」と言っていた。

グレイ・ルーヴァは「こいつらどうかしてる」と思った。

甘い物に塩など正気とは思えない。

「おまえの遠い孫は、最近植物や野菜を育てているそうだ。それが輝魂樹《キラヴィイラ》の力で野生化していると
さ」

「らしいですね。想像より作物ばかりで驚きました。数も種類も多いようですね」

それはグレイ・ルーヴァも同感だ。

森の入り口こそ森らしくなっているが、中はあまり背の高い木がない。

その代わりに、見渡す限り、何かしらの野菜や果実、香草が育っていた。

規則性も季節性もなく、乱雑に。

見る者が見れば楽園とでも呼ぶかもしれない。

ここは、あらゆる作物が育つ場所。

そんな夢のような話が事実であると一目でわかるのだから。

「本当だ。おいしい」

「あ？　何を食べている」

「木苺《きいちご》です。食べますか？」

「儂は好かん。酸っぱいだろう」

「いえ、甘いですよ。丁度いい酸味はありますが、甘みの方が際立っています」

「丁度いい？　本当か？　どれよこせ――」

二人は食べられそうな作物をつまみながら、奥へと向かう。

その歩みは遅かった。


「――いいことを思いついたぞ、クラヴィス」

「はいはい、どうせ酒の話でしょう？　後で聞きますから今は調査をしましょう」

グレイ・ルーヴァは調査を優先することにした。

指摘された通り酒の話だったからだ。

――聖女レイエスにワイン用の葡萄《ぶどう》を育ててもらいたい、と。そう言いたかったのだ。

思いのほか作物の出来がいい。

どれか一つか二つだけ、という話ではない。すべてがいいのだ。

レイエスの手で育てた葡萄が、果たしてどれほどのワインになるのか。

いや、ワインじゃなくてもいい。

とにかく酒であればいい。

非常に出来が楽しみである。

そんな欲望が芽生えてきたが……まあ、今は調査だ。

「色々と気になる物があるな。とりあえず魔力を感じる物を集めてみるか」

グレイ・ルーヴァを構成する影が広がる。

作物は当然として。

クラヴィスや光の精霊も呑《の》み込む影は、しかしなんの影響も与えない。

黒いものに呑み込まれてはいるが。

それでも、クラヴィスの視界を害することもなく、光球たちも避けるような動きは見せなかった。

「――どうだ？」

瞬時に影が収束する。

と――二人の足元には、大小様々な物品が集まっていた。

数は多くない。

これくらいなら、一つずつ調べてもそう手間は掛からないだろう。

「ひとまず魔法薬は除きましょう」

クラヴィスはビン詰めの薬品を除く。

次は加工済みの霊草、それから魔力を帯びた素材。

それらをより分けると、小さな箱がいくつか残った。

これらは魔道具である。

何かを収納するもののようだが、見ただけではさすがにわからない。

「これは……あ、グレイ、それは開けないで」

「ん？」

今まさに、シガーケースのような小さな金属の箱を開けようとしていたグレイ・ルーヴァを、クラヴィスが止めた。

「それは、恐らく霊草シ・シルラを保管する魔道具の試作品です。日数による耐久・劣化テスト中のものだと思われます。開けたら台無しになりますよ」

「ほう。……確かに日付が書いてあるな」

「仕込んだ日付でしょう。中にはシ・シルラの加工薬が入っているはずですよ」

「わかった。同じ型の箱は全部除け」

魔道具のより分けが済むと、最後には不思議な形の箱が残った。

数は十数個。

多少の大小の差はあるが、基本的な形は同じ金属の箱である。

薄く平たい丸型の箱。

金属製で、手のひらサイズから大きなフライパンサイズまで様々だ。

「これはなんだ？　知っているか？」

「心当たりはありません。試作品二型と書いてありますね」

「儂《わし》の持つ物には六型と書いてあるな」

形の同じ丸い箱には、すべて名が付けられている。

一型から十五型まで。

「順当に考えるなら、試作品の一号から十五号まで、ということになるか？」

「私もそう思います。ということは、十五号が最新作でしょうか」

となると、だ。

「番号が若い失敗作なら開けても構わんよな？」

最新作が十五号なら、一号から十四号までは恐らく失敗作である。

まだ開発の途中であるなら、十五号も含まれるだろうか。

「そう、ですね……生徒の研究材料に勝手に触れるのは抵抗がありますが」

「今は安全優先だ」

これが危険物である可能性があるし、森を発生させた原因かもしれない。

それを調べるために、ここまでやってきたのだ。

箱の中身は知らないし、用途もわからないが。

この森ができたことで、この箱も、何らかの影響を受けている可能性がある。

元は危険物じゃないかもしれない。

だが、今は危険物に変わっているかもしれないのだ。

「開けるぞ」

何が起こっているかわからない。

生徒に開けさせる方が危険と判断した。無用なリスクを負わせるわけにはいかない。

だから、グレイ・ルーヴァは己の手で開けることにした。

「……ほう？」

箱は何の抵抗もなく開いた。

中には何もない。

ただ、力を帯びた魔法陣が上下に描かれているだけだ。

もしこの箱に何か入れるなら、魔法陣で挟み込む形となる。

しかし、何かが入る隙間はない。

閉じれば上下がピタリと接する。

つまり、物が入るわけではなさそうだ。

「その魔法陣は――」

「決闘用魔法陣《イグライグ》をベースにしたものだな。なるほど、なるほど」

グレイ・ルーヴァはニヤリと笑う。

この箱の意図がわかった。

「魔術をはじく魔法陣同士で、何かを挟んでおく。そんな発想の箱だな」

「……ああ、そうか。魔術を閉じ込めたい、という発明品ですね」

「だろうな。ならば答えは出たな」

「そうですね」

やはり闇の精霊だ。

彼らは、暗くて狭くて誰も来ない、静かな場所を好む。

もっと言うと、先の条件に加えて魔的要素を感じる場所に居付く。

この発明品は、奇《く》しくも闇の精霊が好む環境を備えている。

「――あなた方の友達がどこにいるか、教えてくれますか?」

クラヴィスが光の精霊に囁《ささや》く。

言葉は通じないが意思を読み、漂う光球が足元の箱に集まった。

やはり。
この箱のどれかの中に、彼らの友達が――闇の精霊がいるようだ。

◆

クノンには初めてのことだった。
「先生に呼び出されるって、あんまりいい気持ちにならないね」
そう。教師からの呼び出しとは、心地よいものではない。
クノンは緊張していた。
父親に呼ばれるのとは比にならないほどに。
商売関係や、実験関係でサトリに呼び出されたことはあるが。
まったく理由のわからない呼び出しは初めてだった。
――早朝、第十一校舎もとい正体不明の森の前に、生徒たちが集まっていた。
全員ここを拠点にしていた者たちだ。クノンもいるし、聖女もいる。
呼ばれた理由は誰も知らされていない。
恐らく調査結果が出たのだろう、とは思うが。
しかしこの居心地の悪さ。
これからここに誰が来て、何を言われるかわからない恐怖。
あまり味わいたくない気分だな、とクノンは思った。

一人だけ呼び出されていたら、きっと心細くなっていただろう。

「そうですか？」

そわそわしているクノンに対し、聖女は堂々としたものだ。

――今聖女の頭の中にあるのは、「森はどうなるのか」という一点のみである。

校舎にも研究室にも思うことはない。

それよりも、我が子とも言うべき植物たちが気になっている。

特に森に対する処置だ。

まさか森を撤去だなんて言い出さないだろうか。

もし話が出たら、国ぐるみで抗議するか、森を移動させる案のどちらかを推そうと思っている。

中央の巨木が輝魂樹《キラヴィイラ》であることは話せないが。

しかし、切り倒すなんて話を看過するわけにもいかない。

事情は話せないが放棄もできないのだ。

こればかりは聖女個人の感情ではなく、聖職者としての意見である。

そんな二人と生徒たちは、教師がやってくるのを待っていた。


「やあ。待たせたね」

程なく、二人の教師がやってきた。

和やかに挨拶《あいさつ》をしてきた一人は、見覚えがない。

目深にフードを被り、メガネまで掛けていて、よく顔が見えない。

若い男であることはわかるが、それ以上はわからない。

もう一人は、土属性の大柄な教師キーブン・ブリッドである。

「早速だけど、調査結果について話そう」

キーブンが後ろに控えているので、フードの男は彼より上役に当たるのかもしれない。

「……」

クノンが知らない教師である。

何も不思議ではない。見たことのない、会ったことのない教師も、まだまだたくさんいるはずだ。

完全に引きこもって、外界のことなど知らないとばかりに研究や実験に没頭している。そんな人は教師にも生徒にもいるのだから。

――ただ、クノンだけは。

見えているクノンだけは、今、違う不思議に直面していた。

「調査の結果、いくつもの偶然が重なった事故であると判明した。

一つ欠けても起こらなかったことだし、一つ多くても起こらなかったかもしれない。

だから、グレイ・ルーヴァは今回は事故で処理すると決定したよ。全部不問だ」

不問。

あからさまにほっとする者もいたし、いまいち腑《ふ》に落《お》ちないという顔の者もいる。

ともあれ、それが正式な通達であるなら、受け入れるだけだ。

「――詳細は教えてもらえないんですか？」

生徒の一人が挙手する。

「教えられないんだ。

さっき言った通り、偶然が重なった結果だからね。その中には君たちの実験や研究が含まれている。簡単に言うと、君たちの研究成果を開示しなければならない。

だから話せないんだ。

調査結果を話すとなると、君たちのやっている実験や開発も話さなければならない。それは君たちの秘匿の権利を奪うってことだからね」

確かにそれは嫌だ、と思う者が多かった。

「まあそうそう起こる事故じゃなかった、とだけ言っておくよ。こんな偶然、さすがに二度はないだろうね」

数百年以上の歴史がある魔術学校でも、初めてのケースだ。

もし次があるとすれば、また何十年も先のことだろう。

それが学校側の結論だった。

「次に、この森の処遇だ」

——そこだ。

その一点にしか興味がない聖女は、心なしか前のめりになる。

「森はこのまま残すそうだよ。第十一校舎は別の場所に建て直すから、そのつもりでいてね」

——やった！

聖女は喜んだ。

表向きはなんの変化もないが、心の中では拍手喝采《かっさい》で舞い踊った。

「レイエス・セントランス」

心の中で舞い踊っている聖女に、フードの教師が声を掛ける。

「今聖教国に問い合わせをしている。公表は許可が出てからになるから、君もそのつもりでいてね」

――輝魂樹《キラヴィラ》のことだ、とすぐにわかった。

「わかりました」

そもそも教皇から命じられている。

「輝魂樹《キラヴィラ》のことは誰にも話すな」と。

教師に言われずとも、聖女から誰かに話すことはない。

「調査報告はこんなところかな。

気になる点も多いとは思うけど、話せない事情があることも含めて、呑《の》み込んでおいてほしい。

それも併せて不問って結論だから。

次に、森に残っている私物についてだが――」


話を要約すると。

第十一校舎内にあった物は全部回収できた。

しかし全部ごちゃまぜで分類ができていないので、それは各々でやること。

損壊・紛失による補填《ほてん》は、すべて学校が行う。

これは事故である。人為的な要素はないと判断されたので、犯人はいないのだ。

所有物は返ってくるし、学校側が弁償もしてくれる。

調査結果こそ明確ではないが、それでも、生徒にとってはまあまあ納得できる結果となった。いや、納得するしかない、だろうか。

「それと、これだ」

一通りの話を終えた教師は、ポケットから丸い金属の箱を出した。

「あ」

クノンは声を上げた。

彼が出したものに、とても見覚えがあったからだ。

「君のかな？」

教師の視線が向けられる。

「あ、はい、いえ、僕のっていうか、共同制作で……」

「そうか。これについて少し話をしたいんだけど、いいかな？」

「……えっ」

これは、なんだ。

個別で呼ばれる理由とは、なんだ。

「まさか、すごく怒られる感じの流れですか……？」

理由のわからない教師の呼び出しは、怖い。

しかも相手はまったく知らない教師で、尚且つ今度の呼び出しは自分だけ。

声こそ穏やかだが。

穏やかだからこそ逆に怖い。意図がわからなすぎて怖い。

――いや、クノンは違う意味でも、彼が少し怖かった。

「怒る？　いや、興味深い魔道具だから話を聞きたいんだ。伝えることもあるしね」

伝えること。

何を伝えるつもりだ。

「……あの、先生はここの先生なんですよね？　魔術師の」

「……？　そうだよ？

滅多に表には出てこないから、ここにいる生徒は皆私を知らないとは思うが。君とも初対面で間違いないよ。

私の名前はクラヴィス、光属性の教師だ」

そうだろう、とクノンは思った。

立ち位置からして、教師で間違いないだろう、と。

現にそれらしい魔力もちゃんと感じている。

――だが、だからこそ。

そこが問題なのだ。

なぜだろう。

なぜクラヴィスの背後には、何も見えないのだろう。

魔術師なら必ず見える何かが、彼にはなかったのだ。

あまりはっきりしない調査報告が終わり。

森の前に集まっていた生徒たちは、二手に分かれることになった。

正確には九対一で分かれた。

クノンだけが別行動になったから。

「好きな場所に座ってくれ」

聖女たちは教師キーブンが案内し。

クノンだけは、教師クラヴィスに連れられ別の校舎にやってきた。

机と椅子が並んでいるので、授業で使う空き教室のようだ。

「……」

クノンは大人しく適当な場所に座った。

緊張していた。

ディラシックに来て人も魔術師もたくさん見てきたつもりだが――

何も見えない人なんて、初めてだ。

魔術師は顕著に見える。

魔術師じゃない人も、角が生えていたり翼が生えていたりと、わかりやすい何かが見える。

そのどちらでもない例外が、目の前にいるクラヴィスだ。

彼が魔術師なのは確かである。

一対一で対面して、よりはっきりクラヴィスの魔力を感じる。

非常に大きく、澄んでいる。

静かな湖面のような……だが探れば探るほど底がなく、その奥底に得体の知れない何かがあるような気がする。

謎だ。

目の前にいる謎そのものの存在に、緊張より好奇心が騒ぎ出した。

「先生は三ツ星ですか？」

ついに聞いてしまった。

いや、別にいいだろう。

彼は教師だと名乗った。名乗った以上、生徒として質問してもいいだろう。

クノンの経験則で言えば、きっと三ツ星だ。

この魔力量で二ツ星はありえないはず――

「いや。私は二ツ星だよ」

「あ」

嘘《うそ》を吐《つ》いた。

何も見えない謎の人物が、明確な嘘を吐いた。

「その魔力量で二ツ星はないでしょう」

「ははは、よく誤解されるよ。でも本当だよ。長い時間を掛けて鍛錬で伸ばしたんだ」

そう言われると嘘じゃない気もしてきた。

クラヴィスの言った通りだ。

鍛錬して魔力量が増えた可能性がない、とは言い切れない。

誤差の範疇《はんちゅう》やら微増程度と言い張る者がいるくらいではあるが、魔力量が増えることは確認されている。

他の人は微増止まりであっても。

クラヴィスだけが桁違《けたちが》いに伸びる可能性は、否定できない。

「君は聖女と仲がいいんだってね」

「はい。同期ですし、とても仲がいいです。素敵な女性だと思います」

クノンは頷《うなず》いた。

もうすぐ出会って一年。

入学当初ならまだしも、きっと今なら、聖女も否定はしないだろう。

「そう。聖女はいつの代も世間知らずだから、手が掛かる時もあると思うけど。これからも仲良くしてあげてね」

「大丈夫ですよ。僕も世間知らずだと評判なので」

「そうか。じゃあ安心だね」

安心とは思えないが、ここにはそこに触れる者はいない。


そんな雑談をしている最中《さいちゅう》だった。

「――よう。待たせたな」

「……⁉」

気が付けば、クラヴィスの隣に長方形の影が立っていた。

クノンは心底驚いた。

何も感じない。
あれはなんだ。
あまり嬉《うれ》しくもないが、クノンは視覚がない分、ほかの感覚は優れている。
人の気配も感じるし、肌に感じる空気の流れにも敏感だ。
段差と傾斜には弱いが、今や見えないことでそんなに不便はない。
だが、それでも。
影が現れた瞬間が察知できなかった。
声が掛かって初めて、そこに何かいることに気づいた。
魔力視では見えない影だ。
「鏡眼」なら見えたが、見えたら見えたでまた謎の存在である。
何しろ長方形の四角い影があるだけだから。
人なんていないのだから。
「クラヴィス、話はどこまで進んだ？」
影は若い女性の声で話している。
「まだ何も。あなた待ちでしたよ」
対するクラヴィスは平然としている。
クノンはドキドキしていた。
謎の人物が二人。
二人とも背後に何も見えない。

見えないどころか、片方は人の形でさえない長方形の影。まるで棺桶《かんおけ》のような影だ。
こんな謎まみれの二人を前に、胸が高鳴っていた。
「小僧」
たぶん自分のことだろう、とクノンは思った。
何しろ相手は影だ。
顔が向いているわけでもないし、視線を感じることもない。
「あの箱について聞かせろ。開発した意図と目的を…………なんだ？」
なんだ、と影が言った時には。
ふらふらと立ち上がったクノンは、恐る恐る左手を突っ込んでいた。
長方形の影の中に。
衝撃だった。
「何これ……!?　これ何これ!?」
何の感覚もなかった。
影の中に人がいることもなかった。
ひんやり冷たいとか温かいとか、温度の変化もなかった。
この影を構成する、何らかの魔術を察知することもなかった。
見た目からして、魔術が作用した存在にしか思えないのに、その魔力さえも感じない。
黒い色の付いた空気、と表現するのが一番近いだろう。
ならば声は？

この影から聞こえる声はどこから出ている？

「おいおいクラヴィス。ここまで無遠慮なお触りは初めてだぞ、儂《わし》は」

「嬉しそうに言わないでください。――クノン、初対面の女性の身体《からだ》にいきなり触れてはいけないよ」

それもまた衝撃だった。

「これ女性なの⁉　僕の知ってる女性と全然違う！　……えっこれ身体なの⁉」

情報を与えられても、何一つ理解できない。

これが魔術の深淵《しんえん》だと言われれば、納得できるくらい不思議な存在だ。

まだまだ駆け出しのクノンには、何もわからない。

知識が足りないのか。

魔術への理解が足りないのか。

――これだから魔術は面白い、とクノンは思った。

「……身体……？」

影の中に手を突っ込んだまま。

何も感じないのに。

これが女性の身体なのか、と考えながら。

「失礼しました」

感触も何も感じなかったが。

不躾《ぶしつけ》に女性の身体をまさぐったらしいので、クノンは離れて謝罪した。

「僕、空気以上に何も感じない女性なんて初めて会いました。……影人間ってことでいいんですか？」

「まあ、それでよいわ」

よいらしい。

相変わらず何一つわからないが、わからないことがわかっただけ一歩前進だ。たぶん。

「話を戻すぞ。クラヴィス」

「はい」

影の女性に従い、クラヴィスは今一度、クノンたちが開発した魔帯箱を取り出した。

「クノン、君を呼んだのはこの魔道具について聞くためだ。

ここでの話は他言しない。君の功績を横取りするような真似《まね》はしないと約束する。

だから、これの詳細を教えてほしい」


「――なるほどね」

繋《つな》がった、とクラヴィスは思った。

クノンから箱――「魔帯箱」と名付けたという魔術を保管・携帯する箱について詳細を聞くと。

最後のピースが揃《そろ》った。

先日の森林発生現象の原因と流れが見えた。

「どうします？　彼に説明しても？」

隣の影に問うと、彼女は「問題なかろう」と答えた。

そう。
今回の事件、深く関わっている要因は二つ。
聖女の輝魂樹《キラヴィラ》と、クノンたちが開発した魔帯箱である。
他の誰かの研究成果などには触れずに話ができる。
聖女が学校内に持ち込んだ輝魂樹《キラヴィラ》のことも、今話してしまっても問題ないだろう。
どうせ数日中には、聖教国から何らかの連絡がある。
公表の許可が出ればそれでよし、もし公表を許可しなくても関係ない。
あの輝魂樹《キラヴィラ》は、これから何十年、何百年も先、ここで研究サンプルとして扱われる。
元から生徒たちに隠し通せるわけがないのだ。
だからグレイ・ルーヴァの判断で、公表することは決定している。
時期は決まっていないが、早い段階で行うつもりだ。
クノンと聖女は浅からぬ関係があり、聖女の力もある程度知っている。
多くを語らず説明ができるだろう。
そして、クノンには事情を説明した上で、話すべきこともある。
「クノン。今回の件、君には詳細を話そう」
「え？　僕に？」
さっき森の前で「詳細は説明できない」と言っていた。
生徒たちの研究成果を開示することになるから、と。
「あ」

――クノンは気づいた。

その「開示する生徒」が主に自分たちなんだな、と。元から知っている情報の開示だから自分に話しても問題ないんだな、と。

「君は魔帯箱《これ》の開発リーダーでもあると言っていたからね。少々の諸注意もあるから、説明する必要もあるんだよ」

そう前置きして、クラヴィスは語り出した。


「そんなことが……」

クノンは驚いていた。

「というか、精霊って実在するんですか？」

「いるよ。君が魔術を究めたいと思うなら、いずれ必ずそんな存在と出会うだろう。楽しみにしているといい」

確かにそれは楽しみだ。

しかし、今は話をするべきだ。

今、クラヴィスの口から森林化現象の詳細を聞かされたが。

正直、クノンの理解が追いついていない。

「今の話について質問してもいいですか？」

クノンは確認したかった。

自分がちゃんと、一連の流れを理解できているかを。

クラヴィスが「もちろん」と答えたので、遠慮なく質問することにする。

「発端は、闇の精霊がやってきたことから、……ということでいいんですか？」

「そうだね。まあ正確に言うと、聖女レイエスの傍《そば》にいた光の精霊から、って気もするけど」

クノンが気づかなかっただけで、精霊はすぐ近くにいた。

非常に興味深い話だが、今は措《お》いておこう。

「闇の精霊って、もしかして『合理の派閥』のルルォメット先輩が関わってますか？」

「ああ、知っているんだね。なら話は早い。

もう何ヵ月か前の話になるね。今回関わっているであろう闇の精霊は、『合理』の代表ルルォメットのチームが行った召喚の儀式で呼んだ精霊だと思われる。

その時は無事成功して終わったんだ。表向きはね」

「でも、本当は終わっていなかった」

儀式が終わり、闇の精霊は消えた。

皆、元居た場所に還《かえ》ったのだと思った。

だが実際は、まだ残っていた。

なんの理由があって残ったのかはわからない。

その闇の精霊は、なぜだか、なんの目的があったのか、学校の敷地内に留《とど》まり。

クノンたちが開発していた、魔帯箱の初期の試作品の中に潜んでいた、らしい。

「わからないことだらけですけど。なんでそんなのの中に……？」

「住みやすいんだ」

答えたのは、影の女性だった。

「暗くて、静かで、限りなく密閉されていて、魔的要素が心地よい。これは闇の精霊の住処《すみか》として優れていたのだ」

なんてことだ。

「地下の深くまで行かなくても、一切の光が届かない場所があった。それがその箱の中だ。精霊からすれば、昼寝でもするつもりで潜り込んだのだろう」

「昼寝……」

先輩たちと必死になって開発していた魔道具が、まさかの昼寝場所扱い。

まあ……まあ、それはいいだろう。

言いたいことがないわけではないが、まあいいだろう。

「ちなみにこの中に闇の精霊がいるよ」

「いるんですか⁉　今⁉」

クラヴィスの持っている魔帯箱の中に、闇の精霊がいるらしい。

「こうして周りに人がいても留まるくらいだから、本当に住む場所として気に入っているようだね」

それはまあ、光栄と言うべきか、なんと言うべきか。

何にしても、一切予想できなかった副次的効果である。

「それで……神話？」

「光と闇が合わさる時、すべてが生まれた。

誰もが知る天地創造の理《ことわり》だね」

「それが、起こったんですか？」

「聖女のところにいた光の精霊と、呼び出された闇の精霊。

普段はまず出会うことのない二つの存在が相まみえ、極々小さな規模の創世が起こった」

「……起こったんですか？」

「信じがたい気持ちもわかるが、そう考えた方が自然なんだよ。

小さな創世が起こった。

風の精霊が広く報《しら》せ、この地に住む大地の精霊が祝福した。

火は温かな腕《うで》に抱き、水はすべてを潤した。

その結果が、あの森ってわけだ」

「その創世が、輝魂樹《キラヴィラ》の成長に、作用した？」

「百年以上をかけて育つ木が、たった一晩であそこまで育った。これもそう考えた方が自然なんだ」

そう言われると納得できる気もするが……

「創世と、神話の霊樹か……」

今のクノンには、いささか眉唾《まゆつば》だった。

いきなり御伽噺《おとぎばなし》が始まったかと思った。

それが本当だと言われても、「信じがたい」という気持ちが、どうしても捨てきれない。

「そこまで到達していないからだ」

と、疑惑を抱えるクノンの心境を読んだように影の女性が言う。

「おまえはまだ、魔術師として、不思議なものに触れていない。まだまだ足りない。魔術界隈《かいわい》には神話なんぞいくらでもあるぞ。おまえが気づいていないだけでな。嘘《うそ》もあるし、でたらめも多い。

だが真実もあるんだよ。

――霊草シ・シルラに関わったくせに、つまらん固定概念なぞ持つな。あれも神話の産物だぞ」

「えっ」

「そもそも聖地や聖域というものが――」

「グレイ」

影の女性の言葉を、クラヴィスが遮る。

「話しすぎです。入り口までは自力で行くのが魔術師ですよ。過保護は却《かえ》ってよくない」

「フン。生意気な小僧め」

今度の小僧呼ばわりは、クノンのことではない。

「僕今の話すごく興味があります」

「この小僧がダメだとよ。恨むならこいつを恨め」

「恨みますよクラヴィス先生」

「フフ。生徒に厳しい教師の方が将来ためになるものだよ」

「嫌われますけどね」

「ははは。嫌われたくないなぁ」

さほど気にした様子もなく、クラヴィスは朗らかに笑った。

で、だ。

「話を戻しますが」

少し話が脱線したものの、今は一連の事件の確認である。

「その光と闇の創世が行われたのが、森ができた日なんですよね？」

「そう。奇《く》しくも君たちが魔帯箱を完成させた日の翌日のようだ」

「僕はぞっとしましたよ。もし僕ら自身がその創世に巻き込まれていたら大変なことになっていた。でも――」

魔帯箱の開発中、泊まり込みなんてあたりまえだった。

先輩たちはよく残って研究室に泊まっていた。クノンも門限があったが、気持ちだけは彼らと一緒に泊まっていた。

雑用として途中参加したエリアでさえ、彼らのスケジュール管理には苦労していた。

特に、帰宅させるのが至難の業だと言っていたし、最終的にはやや諦《あきら》め気味だった。

魔帯箱が完成したあの日、全員が帰宅した。

だから誰も森林化現象に巻き込まれることはなかったのだ。

森になり、校舎が全壊した。

巻き込まれていたら、ただじゃすまなかっただろう。

それでぞっとしたりほっとしたりしたのだが――

「単にタイミングがよかったんじゃなくて、校舎から誰もいなくなったから起こったんですね？」

「そう。校舎から誰もいなくなったから、闇の精霊が出てきたんだ」

魔帯箱が完成した日は、全員が帰宅した。

だが、恐らくその日は、自分たち以外の生徒が泊まり込んだのではなかろうか。

そのために、森林化現象の発生は、エリアに試作品を披露した日の夜にずれ込んだ。

クラヴィスらがこの結論に達したのなら、その辺の裏取りもしていることだろう。

「そして闇の精霊と光の精霊が出会った。

前から会っていたかもしれないが……まあ、その夜は双方かなりはしゃいだんだろうね。

その末に創世が行われた」

精霊が。

はしゃいで。

創世。

やはりまだ、クノンには、理解に苦しむ話である。


「君に言いたいのは、ここからだ」

自分たちの開発が、思わぬ神話に繋《つな》がった。

そんな信じがたい事件の詳細を聞かされたものの。

クラヴィスと影の女性がクノンを呼び出した本題は、ここからなのだそうだ。

「さっき言った通り、小さな創世が行われたわけだけど。

それが日常的に行われない理由は、闇の精霊の所在にある」

「所在……」

クノンは先の話を振り返る。

闇の精霊は、暗くて狭い場所を好むそうだ。

それこそ隙間なんてないだろう、というくらい密閉された魔帯箱に入る、……挟まれる？　ような状態がお好みらしい。

「闇の精霊は暗いところから出てこない。つまり、普通であれば光の精霊と出会うことがないから、ですか？」

「ご名答」

当たったようだ。

「そもそもが創世だからね。本来のそれが行われたなら、たかが小さな森が生まれるなんて規模では済まない。それこそ世界が生まれていただろう。この世界が滅んで、新しい世界ができるくらい、大規模なものになっていたはずだ」

話が大きいな、とクノンは思った。

だが、創世である。

言葉通りに受け止めるなら、むしろそれでこそ創世というべきだろうか。

「で、話を戻すが、この魔帯箱だ。君たちの作った意図とは違うところで、思わぬ利用価値……あるいは危険性が生まれたことになる」

クノンは頷《うなず》いた。

クラヴィスの言う通りだった。

自分を呼んだ理由は、森林化現象の説明の後、ここからだ。

「魔帯箱が広まると、闇の精霊がそこに住む可能性があるんですね」

そして、どこかで光の精霊と出会い、似たようなことが起こる。

今回は校舎一つの損害で済んだ。

だが次はどこで起こるかわからない。

場所が場所なら、大変なことになるだろう。

というか、規模の問題もある。

今回は小規模の被害で済んだが……そもそもの話、今回の事故が大きい被害なのか小さい被害なのかがわからない。

輝魂樹《キラヴィラ》を介したからこそ、この程度で済んだ気もする。

あるいは逆なのか。

わからないことだらけである。

わからない以上、二度と起こさない方が無難だろう。

――つまり、魔帯箱の販売が危ういということだ。

「もしかして開発中止ですか？」

クノンは覚悟を決めて、決定的な質問をした。

まだ完成とは言えない魔帯箱だが、一応の成果は出ている。実用には程遠いが、今後は改良に努める予定だった。

だから、今中止を言い渡されるのは、まだ優しい方だ。

中止になるなら早い方がいい。

培った経験とノウハウは、今後どうにでも活《い》かせる。だから今中止になったってすべて無駄になるというわけではない。

何より時間がもったいない。

中止になる開発をいつまでも続けるわけにはいかない。時間を無駄にする余裕なんてない。

貴族の子である以上、クノンはいずれ国に帰らねばならない。魔術学校にいられる時間は限られているのだから。

しかし、だ。

「いや。私たちはよほどのことがない限り、生徒の権利を侵害しない。特級クラスの実験なら尚更《なおさら》だ」

クラヴィスは軽く否定してみせた。

「むしろ逆だな」と、影の女性が続けた。

「見方を変えれば、まだ自我のない小さな精霊を誘導できる箱だ。儂《わし》らはそこに価値を見出《みいだ》しておる。

精霊を誘導する、呼び出す方法はある。

だが、闇だけは難しくてな。

呼ぶこと自体はそう難しくないが、奴《やつ》らはすぐに住処に還《かえ》りおる。

そこでこの箱だ。

これがあれば、闇の精霊を一時的に足止めできるというわけよ」

そう言われるとそうなのかもしれない。

クノンは精霊に対する知識がないので、それがどれほどのことなのかピンと来ないが。

――いや。

創世なんて大仰なことが起こったくらいだ。

大した話ではあるのだろう。

「でもこのままってわけにもいかないでしょう?」

たとえクラヴィスや影の女性が認めても。

詳細を聞かされたクノンは、魔帯箱の危険性を知ってしまった。

だから、すでに魔帯箱を世に出すべきではないと思っている。

少なくとも、今のままでは。

まあ、そもそも実用できるレベルで完成しているわけではないので、出す出さない以前の問題ではあるのだが。

「何、要は闇の精霊が入りたくない環境にすればいいのだ。簡単だろう?」

「あっそうか」

――確かに簡単だった。

闇の精霊の特徴を聞くに、わずかでも光があれば、入り込む……挟まる? ことはないだろう。

隙間を空けるのは難しいが、中に描く魔法陣を闇の精霊が嫌うくらい発光させる細工なら、すぐにできるだろう。

「それにしても面白い魔道具だな。魔術を入れてどうするのだ？」

「あ、それは魔術師じゃない人が魔術を使うのを想定してます」

「ああ、なるほど！　必要に応じて別属性でも入れておくのかと思ったけど、そういう使い方を目指しているんだね」

「目指してる途中ですけどね。まだ全然完成してないんですよ」

「そうだね。これだと一日か二日か、それも弱い魔術しか入れておけないんじゃないかな」

「おまけに箱の中身を維持するための魔力も、かなり必要だろうな。実用にはまだまだだな」

「そうなんですよねぇ。今クラヴィス先生が持ってるのは、古い試作品ですし。でも最新型もまだまだです。


半年かけて開発して、ようやくそれくらいって感じで——」

三人の話は弾んだ。

結局、魔術師は魔術師ということなのだろう。

共通の話題があって盛り上がらないはずがない。


少し話が盛り上がったものの、ひとまず話すべきことは話した。

魔帯箱製作における修正と要望。

一言でまとめるなら、それだけの話である。

「——最後にもう一つだけ聞いてもいいですか？」

ここぞとばかりに、クノンはいろんな質問をした。

ちょくちょく気になることはあったが、あえて触れなかったところもある。

答え如何《いかん》では、話どころではなくなるかもしれないから。

だから、最後に聞こうと決めていた。

話の区切りがつき、「もう行っていい」と言われたところで、クノンは立ち上がりながら言った。

最後にもう一つだけ、と。

「何かな」

クノンの眼帯の下にある目が、クラヴィスの隣の影に向けられる。

「そちらの女性って、もしかして世界一の魔女……?」

話の中、クラヴィスが何度か「グレイ」と呼んだ、影の女性。

そのたびに気になってはいた。

それと同時に、以前同じようなものを見たことがあるのを思い出したのもある。

あれは、そう、狂炎王子と勝負した時だ。

完全燃焼するほど戦ったので、彼以外の記憶が曖昧で、だから思い出すこともなかった。

だが、それでも。

確認はしないままでいた。

もし彼女がグレイ・ルーヴァなら。

なんというか。

そう考えるだけで、動悸《どうき》がすごいのだ。非常に速くなっているのだ。

──世界一の魔女。
それは、世界一の魔術師ということだ。
全魔術師の憧《あこが》れの人ということだ。
そんなのを認識したら、まともに話せる自信がない。
ただでさえ出会い頭に身体《からだ》をまさぐるという紳士にあるまじき愚行を犯しているのに。
自分で自分が許せなくなる。
「そうだよ」
さらりと。
クラヴィスは、クノンの胸の鼓動など気にもせずに認めた。
クノンは自分を許せなくなった。
心臓が痛くなってきた辺り、自分の身体もクノンを許すつもりはないようだ。
たとえクノンの心が自分を許しても、クノンの身体は許さない。
「グレイ、自己紹介を」
しかもクラヴィスは自己紹介を求めた。
こんな、まだまだ魔術師界の入り口でまごついているような一年生のために。
心臓が破裂するんじゃないかというくらい速くなっている。
間違いなく、魔力視の覚醒《かくせい》や、「鏡眼」を発明した時より激しくなっている。
「儂がグレイ・ルーヴァだ。
普段は声音を変えて典型的ババア魔女の口調で話しておるが、今の方が素に近い。

ただでさえ長く生きとるんだ、心まで若さを失うと精神的にも老いるからな」
さらりと。
影の女性改めグレイ・ルーヴァは、若々しい声と口調でそう言った。
「……あの、先程は、紳士にあるまじきとんだ無礼を……」
心臓が痛い。
事実を確認して、後悔した。
好奇心に負けて、世界一の魔女の身体をまさぐるだなんて。
自分はなんてことをしてしまったのか。
今になって冷や汗が出てきた。
だが、うやむやなまま別れることもできず——結局は好奇心に負けた結果である。
「先程？」
「あなたの身体を触った件でしょう」
「ああ、あれか。気にするな。
触ってわかっただろう？　儂の身体はここにはない」
——その話詳しく！
そう言いたいところを、クノンはぐっと我慢した。
心臓も「やめろ」と言うかのように一際大きく跳ねた。
きっと、説明されても理解できない。
何しろ今のクノンには、あの影がなんなのか、見当もつかないのだ。

何一つ。可能性さえわからない。
だからきっと理解できない。
いずれそれが理解できるほど、知識も実力も身に付いたら。
その時に改めて質問したい。
あと、もう少し慣らさないと。
これ以上興奮したら、きっと身体が耐えられない。

「――ありがとうございました」
いろんな意味を込めて、クノンは礼を言い。
そして教室を出た。
教室を出たところで、少し放心した。
世界一の魔女と会った。
世界一の魔女と言葉を交わした。
感動したというか、動揺しかないというか。
心臓が落ち着くまで、そのまま動かなかった。

第七話　つまり地獄

「――あ、クノン！　こっちだ！」

ベイルの声が聞こえた。

思わぬ人との対話に感動し動揺もしたクノンは、今度は別の校舎へ向かった。

いつまでも余韻に浸ってはいられない。

クノンは、森の前で別れた生徒たちを追ってきたのだ。

少々余韻に浸りながら。

さっきはクノンだけ呼び出されて別行動になってしまった。しかし用事が終わったので、こちらに合流だ。

行く先は第九校舎と聞いていた。

そして今、三階の窓から呼ばれたところである。

「――どうですか？」

「水球《ア・オリ》」で水の階段を出して、クノンは外から直接三階まで登ってきた。

「ちょっと大変だな――おい待て。逃がさないぞ」

窓からチラッと中を見た瞬間、クノンは逃げようとした。

だがベイルの反応は速かった。

後ろを向くと同時に襟首を掴《つか》まれた。

まるで行動を予想していたかのようだ。まあ、本当に予想していたのだろう。

「僕は後片付けと掃除と男ばかりの社交界は苦手なんです！」

「俺もだよ！　でもやるしかねぇんだよ！」

教室内は、もう、大変な有様だった。

チラッと見ただけで逃げようとしたくらいだ。

——教室中、本と書類でいっぱいだった。

乱雑に散らかり、まさに書類の海のようだった。

この前まで開発を行っていたクノンたちの教室も、かなり大変なことになっていたが。

これは桁《けた》が違う。

きっとあれの倍以上に大変なことになっている。

「仕方ないだろ。第十一校舎にあった本と書類が全部ひとまとめにされてるんだから」

——そう、あの校舎にあった書類が、すべてここに集められているのだ。

ここから各々の関係する書類を分類し、回収せねばならない。

一枚一枚、手作業で。

本はまだいい。多いと言ったって数は知れている。

問題は書類だ。

ただでさえ、まとめる前だった。

メモ書きや覚書も尋常じゃなかったクノンたちの書類を、すべて、ここから探し出さねばならな

い。

　ほかの人の書類と混ざりあっているここから、すべて。

　つまり地獄だ。

　これからしばらく、面白くも楽しくもないし生産性もない、しかもいつ終わるとも知れない単純作業を延々とせねばならない。

　ただでさえ整理整頓が嫌いなクノンである。

　これを自分で片付けると想像するだけでクノンは吐き気がしてきた。

「やだよぉ……やりたくないよぉ……」

「おい、マジで泣くなよ……」

　本気で泣きそうになったのは久しぶりだった。

　いや、実際ちょっと泣いた。

　――この苦行からは絶対逃げられないことを知っているから。


「ははあ……これは面白い」

「こんな研究してたんだ」

「なあ、俺の肉に関するレポートってまだ見つからない？」

　物理的にも立場的にも逃げられないクノンも加わり。

　第十一校舎を拠点にしていた生徒たちは、果敢に書類の海に飛び込んでいた。

　この恐ろしい量の書類を分類し、自分の物だけ回収する。

決して楽ではない作業だ。

でもやらないわけにはいかない。

そして、探す以上はどうしても他人の書類も見てしまうことになる。見ないと仕分けができないのだから仕方ない。

見てしまえば興味が湧く。

興味が湧けば、普通に読んでしまう。

最初は皆、「人の研究成果を勝手に見るなんて……」と多少は思った。

だが、そんな気はすぐに失《う》せた。

まだ未熟とは言え、ここにいる全員が魔術師だからだ。

魔術に関する研究や実験ならば、興味を抱かずにいられるわけがない。

「ふうん。火属性の実験も面白いなぁ」

たとえ属性が違っても。

「土の違いと肥料の違いでこんなに差が……」

たとえ文字通りの意味での畑違いでも、読んでみれば気になるものも多い。

「おい。さすがに熟読はないだろ」

何度ベイルに注意されても、気が付けば誰かの研究レポートを読んでいる。

クノンも例外ではない。

すぐに仕分けの手が止まる。

ちなみに、他人の功績を覗《のぞ》くことになるので部外者は入れられない作業だが、ベイルは特別に認められた。完全に無関係ではないからだ。

そんな彼もちょくちょく手は止まるが、クノンほどしっかり止まることはない。

「興味深いですよ。物体浮遊の法則についてなんですが、ここの――」

「だからやめろって。それ誰かが実験した未発表のやつだぞ。本来なら実験に関わってないおまえが知っちゃダメなんだぞ」

ベイルは気づいているが、クノンは気づいていない。

とんでもない真顔で、こちらを見ている女子が近くにいることに。

今クノンが手にしているものは彼女の研究レポートなのだろう。読んだ感想が気になっているらしい。

「もう気にする必要はないと思いますけど。ほら」

クノンが指を差す。

「――あれ？　試作品七型のレポートは？」

「――こっち九型が多いよ」

「――最初から読みたい……あ、メモ書きも気になるな。着想はどこからだよ……」

完全に仕分けの手が止まり、自分の読みたい書類だけを探している生徒たち。

その様は書類の海に溺《おぼ》れているかのようだ。

彼らはなんだか聞き覚えのある単語を言い合っている。

「僕らのレポートもしっかり読まれてますし」

確かに書類は多い。

十人前後が一年ないし数年かけて蓄えたものだ、真面目な生徒ほど量はある。

だが、その中でも、魔帯箱に関する書類の量は尋常ではない。

その気がなくとも目に入るくらいだ。

そりゃ熟読もするだろう。

魔術師なら。

「あれも本当はダメなんだぞ……」

ベイルの声は小さくなった。

あそこまでがっつり読まれては、クノンの言い分の方が正しい気がしてきた。

――唯一真面目にやっているのは聖女レイエスだけだ。

だがこの状況で見ると。

むしろ彼女だけ、逆に不真面目に見えるから恐ろしい。

もっと魔術に興味を持てと言ってやりたくなるくらい、黙々と仕分け作業に没頭している。

「――なあ皆！　もうここまで来たら秘密も何もないだろ！」

と、ベイルが派閥代表の顔で言った。

「まずはちゃんと分けて、それからゆっくり読もうぜ！

このままじゃ本当に終わらない！

仕分けが終わったら自由に読む、俺以外は全員その権利を得る！　それでいいだろ！」

確かに。

このままじゃ永遠に終わらないだろう。

何しろもう夕方だ。

この仕分け作業に入ったのが午前中の早い時間で、夕方となった今。

仕分け作業はあまり進んでいない。

あまりというか、全然だ。

クノンのように、読んだらその辺に投げるような不届き者もいる。

目の前の研究対象と興味の対象しか目に入らないのだ。見えないが。

「それと助っ人を呼ぶことを提案する。

仕切ってくれる奴《やつ》がいないと、だらだら長引くだけだ。

――クノン、俺たちもまだレポートを提出してないだろ。このままじゃおまえ来年は二級クラス行きだぞ」

そうだった。「薬箱」の単位と霊草の傷薬の単位。それぞれ何点だったかを確認していない。

魔帯箱のレポートを提出しないと、単位が足りないかもしれない。

「助っ人を呼ぶんですか？　……もしかしてあの人を呼ぶんですか？」

処理整理を仕切る人。そう聞いて思い出すのは、彼女のことである。

「呼ぶしかないだろ。俺もどっちかと言うと散らかす方だから、この現場は仕切れん」

「……呼ぶのか……」

クノンは溜息《ためいき》を吐《つ》いた。

「片付けたくない……風魔術で全部吹き飛ばせばいいのに……」

「だから単位が足りないって言ってるだろ」

クノンの憂いなどお構いなしに。

――翌日、彼女がやってきた。

「さあ、片付けるぞ。全員きびきび動け。

言っておくが私も暇じゃないからな。ちゃんと報酬を要求するからそのつもりでいろ」

「調和の派閥」代表シロト・ロクソンがやってきた。

容赦ない指示出しと圧力に背中を押され。

第十一校舎の生徒たちは、書類の海に立ち向かう。

今度こそ真面目に。


仕分け作業が始まって三日が経《た》った。

書類整理はまだまだ終わりが見えない。

「調和」のシロトが仕切っているだけに、進んではいる。作業自体は順調と言ってもいいのだろう。

何しろ時々ビリッとやられるのだ。

シロトの「雷光」の二つ名は伊達《だて》ではない。

彼女は制御も使用も難しい雷の魔術を得意としており、さぼっている輩《やから》には遠慮なく飛ばしてくる。

その上、部外者である彼女が一番働いているのである。

嬉々《きき》として。

整理整頓《せいとん》好きの性分を遺憾なく発揮して。

文句など言えるはずがない。
元々作業が止まる原因としては、サボりや休憩や書類への没頭が多かった。
注意しても治らないので、シロト監督官は言葉での注意を早々に止《や》めた。
実力行使に切り替えたのだ。
少しでも手が止まるとビリッとされるようになった。
おかげさまで、もうサボる気になる生徒はいない。
逃げようとする者はいるが。
黙々と手を動かす、書類の海に立ち向かう戦士たち。
全員の顔が暗かった。
嬉《うれ》しそうなシロトと、いつも通り淡々と動く聖女を除いて。
その中に一人、考えることをやめていない者がいた。
クノンである。
クノンは考えていた。
何度かビリッとやられても、ずっと考えていた。
往生際が悪いとも悪あがきとも言うが、とにかく考えていた。
——この苦行から逃れる術《すべ》はないものか、と。
いや、わかっている。
結局単位は足りなかったとわかった。逃げるわけにはいかない。
自身の単位が懸かっている以上、片付けないという選択肢は選べないのだから。

となると、早く整頓してしまえばいいわけだ。

では、効率的な整頓方法は？

人を増やす、というのが簡単だろうか。

だがその手段は取れない。何せここにある書類のほとんどが、誰かの機密情報である。

隠せないと悟ってからは、ここの全員での情報共有が決定したが。

しかしそれは必然だから認めたのだ。

必然じゃなければ認められるわけがない。

「――ベイル先輩」

近くで整理しているベイルに声を掛けると。

「――シッ。話しかけるな……またビリッとやられるぞ」

低い声で返答があった。

話しただけで罰が来る。

まるで囚人の労働現場のようである。

今この場においては、案外大差はないのかもしれないが。

「――このペースだと、終わるのはいつ頃になると思います？」

「――黙ってやれ。ビリッとやられるぞ」

すでにベイルの心は折れてしまっているようだ。

確かに雷は強烈だったし、わからなくもない。大変興味深い、経験のない痛みと衝撃と熱だった。

この作業が終わったら。

クノンはぜひとも、シロトに雷について聞こうと思っている。

が、それは今はおいておくとして。

ベイルに相談したかったが、彼は真面目な監督官に心を折られていた。

しょうがないので、クノンはまだまだ一人で考えることにした。


五日が経った。

書類を仕分ける方法。

相変わらず、クノンはずっと考えていた。

書類を区別する方法。

いくつか考えつきはする。

しかし実行するのは難しい、というのがやる前からわかっている。

要するに、やる前から失敗が目に見えている、ということだ。

これまで散々「水球《ア・オリ》」や「洗泡《ア・ルブ》」でいろんなことをしてきたが。

その中に、書類を仕分ける方法は、ない。

まだ満足に試行をしていないが、「砲魚《ア・オルヴィ》」と「氷面《ア・エウラ》」でもきっと無理だろう。

できそうな使い方が思いつかない。

「――今だ！」

「――早く！　走れ！」

「――シロト！　脱走だ！」

「私の雷からは逃げられないといつになったら学ぶんだ」
ぎゃああああああああ！
クノンは考えていた。
シロトから逃げるのは無理。
単位のために諦《あきら》めるのも無理。
書類を仕分ける効率的な方法も思いつかない。
それでも、考えることをやめることはできなかった。
——思えば。
思考の闇に落ちることこそ、クノンにとっての現実逃避だったのかもしれない。

七日が経った。
何が何でもクノンは考えていた。
そして、一つだけ捨てがたい可能性を見出《みいだ》していた。
きっかけは、脱獄囚たちの悲鳴だ。
この監獄には二名ほど脱走常習犯がいる。
毎日何回か逃げ出そうとしては、シロトにビリッとやられて連れ戻されている。
二人は男女である。
カップルかどうかは知らない。
それより気になるのは、悲鳴の声が違うことだ。

声音も。

叫び方も。

長さも。

個体差。

つまり悲鳴には個体差があるということだ。

もしかしたら男女で雷の効き具合も違ったりするのかもしれないが、今検証する気はない。

それを書類に置き換えて考えると、紙のサイズだろうか。

ここに散らばっている書類の多くは、学校が用意してくれる安い定形用紙である。申請すれば誰でもそれなりの量を与えられる。

つまり、書類のサイズは九割は同じだということだ。

紙のサイズでの仕分けは難しいだろう。

サイズの違うメモ書きなどは選《よ》り分けられるかもしれないが、メモ書きは所詮《しょせん》メモ書き。

書類への清書が終われば用済みとなる、悲しい紙だ。それだけを分けたところで効率的にはあまり意味はないだろう。

そもそも仕分け作業開始から七日が過ぎている。

シロトの奮闘もあり、半分くらいが終わっている状態だ。

終わりが見える。

その事実にクノンは思わず光を見出そうとするが、慌てて思考の闇へと舞い戻る。

まだ半分。

今正気に戻ったところで、この苦行は更に一週間ほど続くのだ。

ならばまだ、希望を見出すべきではない。

――それより、個体差だ。

個体差。

クノンは延々と考えている。

この書類の海の中にある個体差とはなんだろう、と。

それが判明したら、もしかしたら、効率的な仕分け方を発見できるかもしれない。


十日目のことだった。

「これだ……」

すがるように考え続けていたクノンは、ようやくその答えに辿《たど》り着《つ》いた。

手には書類がある。

「肉料理に合う飲み物を魔術で作る」という実験レポートの一枚だ。ベーコン好きのクノンには興味深い内容となっているが、今はそれはいい。

何しろこの書類に書かれている文字。

かなりの癖字で、一見するだけでは解読できないのだ。これを読み解くには腰を据える必要がある。

加えて、見入ったらビリッとやられるので、極力見ないようにしていた。

だが、そう。

答えはここにあったのだ。

クノンが求めた答えは、いつだってクノンの手の中にあったのだ。

「文字での仕分け……これができれば……」

あるのだ。

紙のサイズでは非効率的だが、文字を仕分けるなら。

クノンの「水球《ア・オリ》」の重奏魔術——つまりクノンが生み出せるオリジナルの「水球《ア・オリ》」の中には、

「決まった形をなぞる水」がある。

手で触れて本を読む、魔力視と似た発想である。

普段の魔力視では、手が触れられるほどの距離でなければ、正確には分からない。そこで、それなりに離れた場所の文字や絵を見たい時などに、表面を水でなぞるのだ。

水にはクノンの魔力が入っている。それを知覚することで、形を特定し読み取る、という理屈だ。

いわば水を介した魔力視である。

ずっとずっと。

苦行の中、書類の仕分けをしたい、どうすればできるかと考えていた。

だから思いつかなかった。

ずっと引っかかっていたのは、できそうなアイデアが頭にあったからだろう。

仕分けるのは紙じゃない。

文字の方だった。

文字には個体差がある。

これだけ癖の強い文字なら、少なくとも、他の人の文字とは違うという区別はすぐにつく。

できるかどうかはやってみないとわからないが。

しかし、もしできたら。

こんな地獄のような仕分け作業など、あっという間に終わるだろう。

――この思いつき、今すぐ試したい。

「シロ――んぎゃっ」

シロトに訴えようと振り返るなり、ビリッとして。

クノンは個体差のある悲鳴を上げた。

「手が止まってるぞ。ようやく終わりが見えて来たんだ、ちゃんとやれ」

シロトの言っていることはごもっともだが。

まず話くらい聞いてほしい。

頭や服からかすかに白い煙を上げながら、クノンはそう思った。


「――魔術で仕分けるのか？」

三回ほどビリッとやられたが。

ようやくシロトは、クノンの主張を聞いてくれた。

「理論上はできるはずです」

かすかに煙を漂わせるクノンには、勝算があった。

「しかし今更じゃないか？　あと二日もあれば終わると思うが」

「それはいいじゃないですか！　いくら厳しさと優しさを持ち合わせた素敵なレディでも言っていいことと悪いことがありますよ！」

「そ、そうか……」

クノンは一刻も早く、この囚役を終えることしか考えてこなかった。

それを否定するなんてとんでもない！

残りの作業量なんて見ない。見たくもない。知らない。そもそも見えないし。

なんなら半日早くなるだけでも飛び付きたい心境だ。

「まあまあシロト。ここは一つ――いてぇななんでだよ⁉」

揉《も》めている、というほどでもなかったが。

シロトとクノンが言い合い始めたので仲裁に入ったベイルが、反射的にビリッとやられた。

「あ、すまん」

シロトは謝った。

どうも彼女は、仕事をしていない者を見たら即座にビリッとやるのが習慣になってしまったようだ。

無駄話もそれに含まれるから、単純に声に反応したのだろう。

救いは、衝撃は大きいが痛みはそれほどでもないことか。

ちゃんと雷の力は加減しているのだ。

まあ、だからこそ連発されていると思うと、なんとも言えない気持ちになるが。

「だがおまえは仕分けを続けろ。クノンの話は私が聞く」

「……」

シロトの監視は緩まない。

ベイルは寂しそうに作業に戻っていった。

そんなベイルの後ろ姿を見て、可哀想《かわいそう》だな、とクノンは思った。

でも今は構っていられない。

「……それで？　なんだって？」

「仕分けの方法を思いついたので、試してみたいんです」

「しかしおまえの魔術は水だろう。水で仕分けるのか？　相手は紙だぞ？　それとも水以外か？」

「あ、僕の水は浸透力も調整できますから」

粘度を調整すれば、クノンの水は紙に染み込まない。

それに、物質に染み込んだ水分を抜くのも簡単だ。少しばかり湿り気は残るが。

乾いたインクが相手なら問題ないだろう。

「そんなことができるのか。本当に器用だな」

シロトは思案気に腕を組み、言った。

「よし、やってみろ」


シロトの号令に従い、一旦《いったん》全員が教室を出た。

仮初の自由だった。

彼女がやってきてから、秩序と規則が生まれた。

具体的に言うと、朝やってきてから夕方まで、基本的にこの教室から出ることは許されなかった。

食事もここで済ませるし、トイレ休憩も決まった休憩時間にだけ許可された。

もちろん脱走など許されなかった。

夜こそ帰れるが、だからなんだという話だ。

明日も、明後日《あさって》も、仕分けが済むまで。

大好きな魔術学校で、大嫌いな片付けをするという地獄が続くのだ。

クノンだけではなく、ここに集う生徒のほとんどがそう思っていた。特に脱走癖のある二人は強く思っていた。

あの教室には、淀《よど》みと諦念《ていねん》と雷しかない。

今は仮初の自由だ。

シャバの空気のなんと澄んでいることか。

自由の風のなんと心地よいことか。

だが、この解放感も仮初ではなくなるかもしれない。

それがクノンがこれから試すことにかかっている。

——否《いや》が応でも、周囲の期待は高まっている。

「じゃあやりますね。……あ、先に言っておきますが、大丈夫だから止めないでくださいね」

クノンの忠告の意味はわからなかったが、誰も何も言わなかった。

いいからやれ、と。

無言の圧が掛かるばかりだ。

「では、いきます」

クノンは廊下側から、ドアの開いた教室に向かって手を向ける。

と――一瞬で教室に水が満ちた。

丁度腰くらいの高さだろうか。

魔力操作で生み出した張力で、ドアからこぼれることはないが。

まごうことなく、教室の床は水で満ちた。

「……ぴっちょぴちょ……」

誰かが呟《つぶや》いた。

忠告の意味はわかった。

わかったところで、なかなか心臓に悪い光景だった。

何しろ、ここにある書類の一枚一枚が大切なものなのだ。必死になって書いた、誰かにとっての努力の結晶なのだ。

状況的に、足の踏み場もなかったので踏み荒らすことにはなってしまったが。

それでも手荒に扱えるものではないのだ。

それが今、すべて、水の底に沈んだところだ。

「――揺らします」

水が揺れた。

まるで寄せては引く波のように。

沈んでいる書類が、水の動きに合わせて揺れ動く。

すると……数枚の紙が、水上に浮かび上がってきた。

たまたま水流に翻弄《ほんろう》されただけのものかと思ったが——

「はい、どうぞ」

その数枚は水上から漂うようにして流れてきて、ドアまで来て、クノンに回収されて。

一人の男子生徒に差し出された。

「え？　……あっ！　全部俺の⁉　肉のレポート⁉」

原理としては、水で触ったのだ。

紙面にある文字の形をなぞって、該当する文字がある書類だけをピックアップした。水にはクノンの魔力があるので、水が触れれば魔力視ができる。

理屈だけで言えば、魔力視だけでも、一枚一枚選別していくことはできるはずだ。

だがしかし、これだけの枚数と規模を魔力だけで探るには、操作が難しすぎる。

だからこその水の補助だ。

水に「特定の形を探る」という効果を付与すれば、この通りである。「探す文字の形」を指定してしまえば、あとは水が勝手に見つけてくれる。

まあ、制御は必要だが。

これを失えば、本当に浸水してしまうから。

「数枚だけか？」

シロトが問うと、彼は「俺のレポートはそもそも少ないから。これで全部かも」と答えた。

どうやら彼のレポートは、ここまでの囚役でだいたい仕分けが済んでいたようだ。

「ちょっと見せてくれ」

シロトが回収したレポートを確認する。

「紙は……うん、少し湿っている程度だな。傷むような魔術ではなさそうだ。よく思いついたな、クノン。残りはこれを使って一気に仕分けてしまおうか」

わっと囚人たちは沸いた。

看守が認めたなら、この方法は採用だ。

──ただ、喜びながらもクノンは一つだけ懸念があった。

「……字が綺麗《きれい》すぎると仕分けられないんだよなぁ……」

字はいつも同じではない。

少し歪《ゆが》んだり、大きさが違ったり、斜めになったり点が少し離れたり。殴り書きだの走り書きになったら原形さえ留めていない場合もある。

書いた人が同じであっても、同じ形の文字にはならない。それは癖字であってもだ。

今回は、癖のある一文字だけを認識した。

その際、ある程度の差異は認めるよう、幅を持たせて指定した。

少し歪んでいたり大きさが違ったりしても、「指定の形」と認識するように。

ここで問題となるのが、やはり、字の癖だ。

要は、癖がなさすぎる文字だと区別がつけられないのだ。

「問題ないだろ」

と、そんな懸念を説明すると、ベイルが断言した。

「それでも大まかな仕分けはできるし、一文字じゃなくて特定の言葉で分けることもできそうだし。

それこそ内容で仕分ければいい。

俺たちなら一型だの二型だのって言葉だな。その辺はほかの生徒のレポートでは使ってなかったはずだ」

クノンは衝撃を受けた。

文字ではなく、言葉で。

確かにそれならいけそうだ。

「あなたは天才か」

「それはどっちかって言うとおまえだ」


残り二日で終わる作業量しか残っていなかったものの。

それでも、ここからの仕分けは劇的な速度で進行し。

その日の内に、書類の海は綺麗に片付いたのだった。

そして――

「ああ、終わったみたいだな」

ちょうど作業が終わった時。

苦行から解放されたのを見ていたかのように、様子を見に来た教師サーフに。

「じゃあ次は私物の仕分けか。もう少しだ、がんばれよ」

再び地獄に突き落とされた。

「ついでだ。私も付き合おう」

シロト看守の続投も決まった。

囚人たちの監獄生活は、もう少しだけ続く。


「よかった……！」

次の地獄を提示された時、絶望のあまり、何人かの膝《ひざ》がその場で崩れたが。

新たな地獄は、書類の海ほどの地獄ではなかった。

それはそうか。

前の地獄は、仕分ける量があまりにも多すぎたせいだ。

やってもやっても終わらないほどに。

だから、かなりの時間が掛かった。

何日も何日も、囚人全員の心を折るのに充分なほどの時間が。

平気だったのは聖女のみである。

そして、彼女は囚人ではなかった。

性格上、言われた仕分けを黙々とこなし続けることが苦にならないタイプだ。なので一度もビリッとされていない。

羨《うらや》ましい限りだが――まあ、それはともかく。

冷静に考えるとあたりまえのことだった。

私物の数は、書類よりは少ないのだから。

「あ、僕の遠心分離機だ。壊れてるな……」

足元に転がっていたそれを手にし、クノンは溜息《ためいき》を吐《つ》いた。

そう、数は少ない。

だから仕分け自体はすぐに済みそうだ。

ただ、破損している物が多かった。

机、薬品を扱う機材に、ペンにインク瓶。

大きなものは片付けられているが、細かな校舎の瓦礫《がれき》もここに混じっている。

無事な物もあれば、無事じゃない物も多いようだ。

「――混ざると危険そうな魔法薬や触媒、魔道具なんかはこっちに分けてある。大まかにだけどな」

次なる地獄。

もとい、この教室まで案内してくれたサーフが、部屋の片隅を差した。

簡単に分けてあるだけだが、それでも充分ありがたかった。

さっきまでの地獄と比べれば、生易しいばかりの現場に生徒たちが散っていく。

「ベイル先輩、魔帯箱の回収をお願いしていいですか？」

「わかった」

ここにあるのは私物ばかりである。

第十一校舎とは関係ないベイルの私物はないので、クノンは彼にもわかる物の探索をお願いした。

「――さて」

クノンの研究室、つまり借りていた空き教室には、私物もかなりあった。

今持っている壊れた遠心分離機を始めとして、ほかの機材もたくさん置いていた。

いったいどれくらい生き残っているだろう。

半分も壊れていなければ充分だろうか。

「鍵《かぎ》の掛かった机を見つけたら声を掛けてくださーい。僕のかもしれないのでー」

監獄で過ごした全員にそう告げておく。

まばらに返事が返ってきたので、これで大丈夫だろう。

クノンはまず、何を措《お》いてもお金の回収をしなければならない。

魔帯箱開発が始まって数ヵ月間。

その間ずっと忙しかったため、侍女リンコへの給金が滞っていた。

すっかり忘れていたのだ。

そして、見るからにクノンが忙しそうだったため、侍女も請求しづらかったそうだ。

疲れ果てて帰ってきて、最低限の日課を済ませて、即就寝。

翌日も疲れを引きずって学校へ。

そんな毎日が続いていたから。

――なお、リンコ的にはクノンが踏み倒す可能性は限りなく低いと考え、かつ最終的にはグリオン家に請求すればいいと高を括《くく》っていた。

だから、魔術に夢中なクノンを煩わせるような口出しは一切しなかった。

幸いクノンが開発を始める前に貯《たくわ》えたお金もあったので、生活費には困らなかった。

己の給料分を除けば、充分やってこれたのだ。

己の給料分を除けば。

開発実験が終わったと晴れやかに告げられた瞬間、即座に請求した。

給料払えと。

「机も結構多いな……」

侍女の給料を払うため、クノンは研究室に貯《た》めていたお金を回収しなければならない。

何を措いても最優先でだ。

そうじゃないと、夕食が苦い野菜だけになってしまう。

ベーコンもしばらく出さない、とまで言われたので、クノンにとっては死活問題だ。実際、最近のベーコンは薄切りになってきている。明らかにぺらっぺらだ。

いいかげん待たせておくにも限界が近そうだ。

魔帯箱を開発していた間も、商売でお金は稼いでいた。

研究室の机の引き出しに突っ込み続けていたので、きっとここにあるはずなのだ。

「これは仕分けというより片付けだな」

シロトの言う通りだった。

前の地獄は、腰をやる中腰体勢の労働だったが、今回は力仕事が多そうだ。

シロトはサーフに向き直って言った。

「サーフ先生。もし時間があるなら手伝ってもらえませんか？」

「ん？　あー……そうだな。この人数ならすぐ終わりそうだし、私も手伝おうか」

新たな囚人を加えることに成功した。

シロト看守は有能である。


「──あ、パンツみっけ」

「──えっパンツ⁉　……男物じゃねえかよクソが！　誰のだよクソが！」

「──俺のだよ！」

「──きわどいパンツ穿《は》いてんじゃねえよ！」

「──うるせぇ！　お尻《しり》のラインを綺麗に見られたいんだよ！」

ひどい会話だ、とクノンは思った。

男だけの会話は、聞いていていて全然わくわくしない。

でも笑ってしまった。

前の地獄と比べれば、ここは天国だ。

これまでにはなかった解放感があった。

きっと囚役を共にした皆が感じていることだろう。

「……お尻のラインが綺麗に見えるパンツ……？」

何事にも動じなかった聖女までもが反応している辺り。

彼女も彼女なりに、前の地獄でつらい想《おも》いをしていて、同じようにこの解放感を味わっているのかもしれない。

……………。

たぶん。

単純にパンツに興味があるわけではないだろう。たぶん。


夕方には仕分けも終わり、掃除まで終わった。

「壊れた物の代金は学校が負担するから、後日申請してくれ。修理でも買い替えでも構わないからな」

結局最後まで付き合ったサーフはそれだけ告げて、疲れた顔で教室を出ていった。

「――終わったなぁ……」

誰かが言った。

書類は仕分けが終わった。

順番を揃《そろ》えたりまとめたりと、各々まだやるべきことはあるが。

一番大変な作業は超えたのだ。

次に、私物の仕分け。

壊れた物も多いが、紛失したわけではないし、何より数の上では非常に楽だった。

廃棄する物と回収できる物で、短時間でさっさと分けることができた。

あとは、新しい第十一校舎が再建されてからだ。

出来上がり次第、運び込むことになる。

――そう、大変な作業だった。

何度も投げ出したくなったし、実際逃げようとした者もいた。

地獄で過ごした約二週間。

同じ校舎に拠点があった、ただそれだけの繋《つな》がりで集った第十一校舎の生徒たち。あとベイル。一応シロトも。

あんなものを経験し、乗り越えてきたせいか。

妙な仲間意識が芽生えていた。

嫌で嫌でたまらなかった地獄だったのに。

終わったら終わったで少し寂しく感じるのはなぜだろう。

こんなイレギュラーなことでもない限り、この面子《メンツ》で集まることは、もう二度とないかもしれない。

属性も研究内容も専攻も趣味も、パンツの好みさえも、まるで違う者たちだ。

もしかしたら、一生関わることさえなかった可能性もあるのだ。

「――ねえ！」

案外、クノンだけではなかったのかもしれない。

全員が同じような気持ちだったのかもしれない。

その証拠に、誰かが言った。

「せっかくだし打ち上げやらない⁉　今夜はぱーっと！」

その提案に、全員が諸手《もろて》を挙げた。

もちろん肯定の意を込めて。


一度家に帰ったクノンは、打ち上げがあると侍女に告げて。

門限を忘れて、夜のディラシックを楽しんだ。

初めての夜遊びだった。

実際は、夕食を食べて少し遊んで早めの解散という、夜遊びと呼ぶには健全すぎる代物だったが。

でも。

それでもクノンは、少しだけ大人になった気がした。

◆

——聖女レイエスは悩んでいた。

そう、悩んでいた。

感情面に欠落があるせいで、これまであまり悩むことなどなかったのだが。

しかし、確かに悩んでいた。

「私ならお酒ですけどね」

侍女ジルニが言った。

彼女は酒好きなので、彼女への贈り物ならそれ一択だろう。

悩むとすれば、本数か銘柄くらいだ。

「私は花束でいいと思いますが。レイエス様が育てた花なら尚更《なおさら》です」

侍女フィレアが言った。

それが無難なのだろう、とレイエスも思った。

現に、小さい頃からずっとそれを贈っていた。手間は掛かるがお金は掛からない。

大神殿にいた頃は、レイエスは基本的にお小遣いも給料も貰《もら》っていなかった。だからお金の掛からない贈り物として花束はお手軽だった。

――今までは、薦められればそのまま従っていたのだが。

「なんだか違う気がします」

レイエスは、それではいけないと思っていた。

気持ちを伝えるのに、そんな流れ作業で済ませていいのか。

これまではそんなことを考えることもなかったのに、今はとても気に掛かる。それでいいとは思えない、と。

だから悩んでいた。

――悩みの種は、教皇アーチルドへの誕生日プレゼントであった。


庭に出て目に付く雑草をむしりながらも、聖女はやはり悩んでいた。

借りた当初は広かった借家の庭先は、大変にぎやかになっていた。

青々と茂る緑。

色取り取りに咲き誇る花々。

その数は、もはやおびただしいとさえ言えるかもしれない。

なお、レイエスは更なる植物の拡張を望んでいた。もっともっと庭の広い家に引っ越したいなと思っていた。

そして、それを必死で侍女たちに止められていた。

世話が大変だからこの辺を上限にしてくれ、と言われていた。

——まあ、そんな些事《さじ》はさておき。

もう時間がない。

そろそろ決めないと、間に合わない。

だが、これといったものが決まらない。

何を候補に考えても、これはちょっと違うと感じる。

流れ作業ではダメなのだ。

物心つく前に大神殿に引き取られて以来、教皇にはとてもお世話になってきた。忙しい身なのに、何くれとレイエスの様子を見て、共に過ごす時間を作ってくれた。

ディラシックに来る前。

植物を慈しむ心が育っていなかったあの頃は、何も考えずにその境遇を享受していた。

大神殿を出て、お金で悩んだ。

明日の食べ物にも困った。

自分のやりたいことがなかった。

魔術学校で何をすればいいのか、まるでわからなかった。

そんな苦難に直面し、ようやく、大神殿にいた頃は守られていたことを知った。

教皇を始め、大司教や神官に大切にされ、何不自由なく育てられたことを知った。

だからこそ。

大切にしてくれた教皇を相手に、流れ作業だの定番だので済ませることに、強い抵抗感を覚えたのだ。


「そんなに悩むことなの？」

ジルニとしては、悩む理由がわからないくらいだった。

レイエスの感情は、顔にも態度にもほとんど出ない。

その彼女が、よくよく見れば。

ずっと何事かを悩んでいるように見え出したのが驚きだった。

「ちょっと難しいのよ」

ジルニには隠しているが。

輝女神教の信者であるフィレアは、レイエスの悩みを理解していた。

「教皇様への誕生日プレゼントでしょ？　酒でいいじゃない」

そう。

この家の経済状況は、かなり良くなった。

入学当初こそ財政難に陥っていたが、時が経つにつれ、家計簿から赤字は完全に消え失《う》せた。

今やだいぶ余裕がある。

聖女が作り過ぎた果物や野菜も、近くのレストランと個人契約で取引していた。出来が良いおかげで高値で売れていたのである。

世間的に「魔術師は儲《もう》かる」という定説はある。

聖女レイエスもその例に漏れず、説を証明した形となった。

常に命懸けで戦い食い繋いできた冒険者ジルニとしては、羨《うらや》ましい限りだった。

「それこそ、滅多に見ない高い酒とか贈ればいいのに」

「あの方はあまり呑《の》まないという話よ」

正確には、あまり呑まないし安酒を好むのだ。

だが、フィレアはアーチルドとは面識がない――ということになっている。

だからあまり正確かつ明確なことは言えなかった。

「変わってるよね。一国のトップが高価な物や贅沢品《ぜいたくひん》を避けてる、って」

フィレアからすれば当然なのだが。

教皇と呼ばれようとも、神の前ではただの一信者に過ぎない――アーチルド本人が説教をする際によく言う言葉だ。

輝女神と信者への約束であり、己への戒めでもあるのだろう。

だから言葉にするのだ。

――だからこそ、レイエスも悩んでいるのだ。

親しい大司教のように、毛皮の衣類が好きとか、そういう嗜好《しこう》でもあればわかりやすいのだが。

教皇アーチルドは、本当に清貧だ。

高価な物は好まない。

酒も安酒をほんの少し。

式典や接待以外の食事だって、その辺の庶民より質素かもしれない。物を大切にするので、身の周りの物も長年愛用のものばかり。

そんな人に何を贈れば喜んでくれるのか。

レイエスの悩みはそこにあった。

毎年花束ばかり贈っていたレイエスだが――

魔術学校に入学してから、明らかに、レイエスの感情や情緒が成長していた。

良いか悪いかは別として、変化していた。

レイエスは、毎年花束を贈っていた。

教皇アーチルドへの誕生日プレゼントは、毎年そうだった。

だが、今年は違う。

「なんの花束を贈ろうか、贈るための花を育てなければ」と迷ったところから、レイエスの中に疑問が生じたのだ。

――贈るものは本当に花束でいいのか、と。

「あの子の影響だよね？」

「ええ、きっと」

あの軽口ばかりの友人がレイエスに言った言葉。

「この魔道具は大切な人にあげるために作った物でもある」という言葉が、レイエスの心に響いた。

レイエスはそこに、贈る人から受け取る人への気遣いを、確かに感じたのだとか。

だから悩んでいたのだ。

これでいいのか、と。

果たして、何も考えず花束を贈り続けることが、自分の気持ちの証明になるのか、と。

「まあ、私は大いに悩めばいいと思うわ」

何事にも関心を向けず、人のことさえ無関心だったレイエス。

そんな彼女が、誰かのためを想い、悩んでいる。

——決して悪いことではないと、フィレアは思っていた。

たとえ何をプレゼントに選ぼうとも、教皇アーチルドなら、きっと喜んでくれるはずだ。

あとはレイエス次第である。


そんな悩みも、今や過去のことである。


「決めました。私は教皇様に、お尻《しり》のラインが綺麗《きれい》に見えるパンツを贈ります」

「ちょっと待ってください」

学校から帰ってくるなり宣言したレイエスに、フィレアは待てと答えた。

何があった。

何があってパンツを選んだ。

いや確かにアーチルドは喜ぶだろう。レイエスが選んだものなら、その辺に落ちてる石や小枝だって喜ぶだろう。

だが、なぜパンツ。

なぜよりによってパンツ。

しかもお尻のラインを気にしたパンツを選んだ理由はなんだ。

「あ、いいじゃんパンツ」

「ジルニは黙ってて」

「デリケートな部分に接触する消耗品だし、いいパンツって結局使い心地もいいし」

「ジルニ」

「あと、下着のラインって一回気にし出すと案外ずっと気になるしね。自分のも他人のも」

「ジルニ！」

「え、ダメ？　ほんとに悪くないと思うけど」

確かにパンツは大事だ。

常に身に着けるものだし、実用面で考えたら悪くない気はする。

だが、パンツなのだ。

どんなに利便性を語られようと、パンツはパンツなのだ。

娘同然の年齢のレイエスから。

父親か、あるいは祖父の年齢になる初老の教皇へ贈る誕生日プレゼントとして。

果たしてそれは正解なのか？

本当にパンツでいいのか？

それは毎年贈る花束より喜んでもらえる品なのか？

いや、まあ、確かに。

あれだけ悩んで悩んで悩み続けたレイエスが、ふざけた気持ちで選んだわけがない。至極真面目に考えた結論なのだとは思う。そこを疑う気はない。実際パンツは大事だとフィレアも思う。

思うが、それでも。

パンツはパンツなのだ。

パンツを教皇に贈る聖女がいていいのか。

しかも、お尻のラインが綺麗に見える系の、恐らく紐《ひも》的なパンツを贈る聖女がいていいのか。

非常に煽情《せんじょう》的かつ挑発的に違いないデザインのそれを教皇に贈るというのか。

過去、絶対に前例がないであろうその行為を、看過していいのか。

止めるなら今しかない。

だが、レイエスが本気で考えた結論なのだ。それを無下にしていいのか。聖女の気持ちを否定することを、果たして教皇は許すのか。

――フィレアにはわからなかった。

一信者としてどうすればいいのか、本当にわからなかった。

◆

「……！」

朝食の席。

クノンは驚きとともに安堵《あんど》した。

今朝のベーコンは厚い！

しかも二枚も挟んである！

侍女の機嫌が直ったのだ。給料を払ったことで、なんとか彼女の静かな怒りの矛先が引っ込んだらしい。

昨日、滞っていた侍女の給料を払った。

そして打ち上げがあり、夕食は外で食べた。

よって、給料を払ってからの侍女の食事は、今朝が初めてだ。

――変にこじれないでよかった、とクノンは心底思った。

自分が悪いだけに、ただただ謝ることしかできない。

「はーいクノン様、今日の健康茶ですよぉー」

安堵しているクノンの目の前に。

どん、と。

まぶしいほどにぎらつく緑色の飲み物が置かれた。

「……」

最近、朝食の時は毎日出る、緑の汁だ。

苦いやら青臭いやら喉《のど》に絡むやら苦味がずっと残るやらで、クノンはこれが非常に苦手である。

……どうやら、安心するにはまだ早かったようだ。

開発で忙しかった頃は、ほぼ無意識で飲んでいたが。

そんな状態でも記憶に残るくらい、まっずいまっずい飲み物だ。

「大丈夫ですよ。今朝のは苦くないですから」

「えっ」

割と顔に出るクノンである。

侍女には何を考えているかお見通しのようだ。

「嫌がらせの面もありましたけど、クノン様の健康を考えた上での飲み物ですから。栄養価は高いですよ」

まあ、身体《からだ》に良さそうだとは思うが。

「嫌がらせではあったんだね……」

はっきりそう言われるのもなかなかの衝撃だ。

「給料未払いの件もありますけど、それ以外でも言いたいことはありましたからね。

毎日ふらふらになるまで疲れてる子供を、見守ることしかできなかった私の身にもなってください。心臓によくないですよ。本当に倒れそうで見てられなかったです」

魔帯箱開発中のことだ。

クノンは毎日毎日、ふらふらになるまで研究に没頭していた。

その間、侍女はほとんど口出しをしなかった。

口出しはしなかったが、当然、思うことは山ほどあったらしい。

「……ごめんね。これからはもう少し休みながらやることにするよ」

以前付いていた侍女イコなら無理にでも止めただろう。

でも、リンコはクノンの気持ちを汲《く》む方に考えたのだ。

どちらがいい、というわけではない。

どちらにも気を遣わせた、という点が問題なのだ。

「約束ですよ？」

「うん」

「女性との約束は？」

「紳士なら必ず守る」

「男性との約束は？」

「時と場合と相手による」

——よし、と侍女は頷《うなず》いた。

先の開発実験中と書類の片付け中は、常にクノンが疲れていたせいで、こんなやりとりもできなかったのだ。

見た目にも性格的にもクノンが元気になったようなので、ひとまず侍女は安心した。

「そろそろ一年になりますね」

「うん？　……ああ、うん」

魔術都市ディラシックにやってきたのは、去年の少し前だ。

気が付けば、ヒューグリア王国を離れて、すでに一年が経っていた。

今年度もあと二週間足らず。

あと十日ほどを経て、少しの休みを挟んで、クノンは二年生になる。
「あっと言う間だったなぁ」
入学してから、クノンはずっと魔術に触れてきた。
楽しいこと。
興味深いこと。
知らなかったこと。
そんなものばかりを学んできた。
憧《あこが》れの人にも会えた。
かつての恩師にも会えた。
世界一の魔女にも会えた。
控えめに言っても、夢のような一年間だった。
「そうですね。私も思いのほか充実した一年間でしたよ」
侍女は侍女で、空いた時間はずっと料理の研究を行ってきたそうだ。
将来は合法の料理のお店を持ちたい。
その目標に向けて努力を重ねている最中だ。
「――うわっ本当に苦くない！　むしろ甘い！」
嫌がらせじゃない健康茶なる緑汁は、野菜の癖こそあるが、臭みも苦味もなかった。
機嫌の直った侍女に見送られ、クノンは久しぶりに気分良く学校へ行く。

地獄の仕分け作業は無事終わった。

今日からは、仕分けた書類を整理し、レポートにまとめていく作業が始まる。

清書は慣れているクノンにとっては、非常に楽なものである。

「あれ？」

まだ第十一校舎は再建されていない。

なので、仕分けた書類は、一時的に借りている別校舎の教室に運ばれている。

そこにやってきたクノンは、ベイル以外の人がいることに驚いた。

しかも、地獄を経験したせいだろうか。

実際より時間が経っている気がするおかげで、かなり久しぶりに会った気がする。

「やあ。あはは」

「久しぶりね、クノン」

「……」

そこにいたのは、ジュネーブィズ、エルヴァ、ラディオ。

「魔術を入れる箱」開発チームの三人だった。

「お久しぶりです、先輩方。皆さん元気そうですね」

声に張りがあるというか。

顔色がよくなったというか。

生きている気力を感じるというか。

すっかり死相がなくなったというか。

少し前までは、半年間毎日のように会っていた彼らである。

ジュネーブィズの笑い声も。

エルヴァの細やかな気遣いも。

口数は少ないが、ラディオの穏やかな視線も。

本当に懐かしい。

「書類整理、手伝えなくてごめんなさい」

すっかり美女に戻ったエルヴァが言った。

ダサかったあの頃とは別人のように、黒髪はつややかで紫水晶の瞳《ひとみ》は澄み。

いつもダルそうでだらしなくて気が抜けたようなエルヴァの方が付き合いが長く濃い分、クノンは今の彼女にこそ少し違和感があるが。

でも、同一人物で間違いない。

「仕方ないですよ。関係者以外はベイル先輩とシロト嬢しか入れませんでしたから」

当然、あの地獄のことは彼女らも知っていた。

彼女らのレポート、ひいては単位にも関わっている。無関心でいられるわけがない。

だが、第十一校舎の関係者以外は参加できない作業だった。

だから手伝えなかったのだ。

しかし、その辺の作業が終わった以上、もう関係ない。

ここからは心置きなく手伝いに入れる。

「あ、そういえばベイル先輩は？」

「二日酔いだから午前中は休むってさ」

——昨夜、クノン含む年少組は早めに帰されたが。

大人はそれなりに夜遊びしたようだ。

エピローグ　手紙

親愛なる婚約者様へ
陽射《ひざ》しが強くなってきました。
新緑が鮮やかに映える初夏、いかがお過ごしですか？
あなたと離れて一年。
こんなにも会えないのに、僕のあなたへの気持ちはいささかも変わりません。
願わくば、殿下にも同じ気持ちでいてほしいです。

お手紙を出す間が空いてしまい、申し訳ありません。
約半年ほど、先輩方と一緒に、魔道具の開発を行っていました。
寝食を忘れる毎日の中、筆を執る余裕もない有様でした。
前に書きましたが、あなたへ贈るための物を作っていました。
思った以上に難航し、未《いま》だ完成とは程遠いのです。
あなたに贈る時は、一年も二年も先になりそうです。
だから、別の物を贈らせていただきます。
気に入ってもらえると嬉《うれ》しいのですが。

そうそう。

詳細は書けないのですが、ある事故で校舎が一つ崩壊しました。

僕の借りていた研究室もめちゃくちゃになって、書類もごちゃごちゃになって、仕分けるのに二週間以上掛かってしまいました。

あれは本当にひどかった。

殿下も事故にはお気を付けください。

まあ、どう気を付けても避けられない事故もありますけどね。

それでも、どうかお気を付けください。


そういえば、先日、初めて打ち上げというものに参加しました。

十数名の男女で、夜の街に繰り出したのです。

殿下は覚えていますか？

あなたと二人でディナーに行った夜のことを。

あの時、僕は少しだけ大人になったような気がしました。

今度の打ち上げでも、ほんの少しだけ、大人になったような気がしました。夜とは人を大人にする時間なのかもしれません。

それにしても、男性も女性も、お酒が入るとあんなに大胆になるものなんですね。

ヒューグリア王国では、十五歳から飲酒を認められていましたね。

興味がないわけではないですが。
でも、僕もあんなに乱れるのかと思うと、ちょっと怖いです。

そちらの様子はいかがでしょうか？
殿下はもう、騎士科の二年生なんですよね？
きっと訓練も課題も、一年生の頃と比べて厳しくなるのでしょう。
しっかり休息をとって、ご無理をなさらないでくださいね。
遠い空の下、あなたの身を案じております。
色褪《いろあ》せない親愛を込めて　貴女《あなた》のクノン・グリオンより

追伸
少し侍女を怒らせたせいで、大変苦労しました。
悪いことは言いません。
殿下もお付きの使用人を大切にしてください。

書き下ろし番外編　騎士科一年生、冬から春を越えて

この手紙を読む時。
ミリカ・ヒューグリアはどうしても、渋い顔になってしまう。
「裸……」
どうせ何もないのだろう。
本当に、書いてある通りの内容しかないのだろう。
「……裸……」
まあ、何やってるんだクノンは、とはどうしても思ってしまうが。
――冬の真《ま》っ只中《ただなか》に届いた、婚約者からの手紙。
夜、クノンに会いたくなった時や、気持ちが沈んだ時。
ミリカは時々、自室でこれを読み返す。
ディラシックへ留学している、クノンからの手紙を。
まあ、今夜は会いたくなったわけでも、気持ちが沈んだわけでもないが。
――今日は、勇気が欲しい。
だからこの手紙を読んでいる。
殆《ほとん》どの手紙は、読み返したところで女の話ばかり書いてあるので少々イラッとする。

それでも、クノンを懐かしむことはできるので、我慢して読み返していた。

そんな中に届いた、この手紙である。

やれ教師に脱がされてすごかったとか、一つ上の先輩は熱かったとか。

裸にされたとか。

何の報告だこれは、と思わなくもないが。

でも、これこそがお気に入りの一通である。

女の話がないだけで心穏やかに過ごせるし、何より内容だ。

内容的に、男と男で男が男な想像を掻き立てる、あやしい雰囲気もなくはないかもしれない風な雰囲気を感じるというかなんというか。

ミリカだって女の子だ。

可愛《かわい》い男の子たちが戯れる姿……嫌いではない。

挟まれたい派の女子もいるらしいが、ミリカはひっそり見守る派だ。

——まあそれでも、何やってるんだ、とは思うのだが。

「ミリカ様、もうじき時間です」

「ええ」

ミリカは手紙を封筒に戻し、専属侍女ローラに渡す。

「しっかりしまっておいてね」

「はい」

念のため、である。

ミリカがいない間に、部屋を探られてもいいように。

クノンの情報に繋《つな》がる一切は、もうこの部屋には置いておけない。そう判断してローラに預かってもらっていた。

――いよいよきな臭くなってきたのだ。

今はもう、この城でプライベートな空間はない。実際どうかはわからないが、警戒心を高めているミリカはそう判断していた。

それくらい、最近は危うい状況になっていると思う

上級貴族学校が冬期休暇に入る直前――ミリカの周辺が騒がしくなってきていた。

まあ、煩わされるのも、今夜までの話だ。

予定では。

そうじゃないと困る。

「ついに今夜ですね。ここ最近、色々ありましたね」

――ローラの言う通りだ。

ここ最近は、本当に……思い出すだけで胃が悲鳴を上げそうだ。

次の玉座を狙う兄姉《きょうだい》たちが動き出しているのだ。

遠い魔術都市で活躍しているクノンの功績を知ったのだろう。

己《おの》が陣営にクノンを迎えるべく、婚約者であるミリカをどうにかしようとし、またクノンへ繋がるあらゆる情報を集め出している。

このヒューグリア城内では、第九王女であるミリカには勝ち目がない。

上の兄姉たちは、年齢の数だけ長く活動している分、どうしたって味方の数も質も敵《かな》わない。

となると。

ミリカは王城以外の場所で勝負しなければならない。

いや、勝負を避けるだけで充分だ。

そのための準備は進めてある。

すべては今夜に懸かっている。

「……ふう」

気を落ち着けるべく、紅茶を口に運ぶ。

——思い出したくもないが、どうしても最近のことを思い出してしまう。

きっと今日で、今夜で、状況は一変するから。

だからこそ。


ある日。

「——ミリカ。おまえの婚約者はどういう男だ？」

突然、長兄である第一王子クィールに呼ばれた。

呼び出されたヒューグリア王城自慢の中庭は、いつも綺麗《きれい》だ。

季節の草花が咲き誇る。

自然そのままのように不規則に見えるが、しかし人が散策し楽しめるよう整えられている庭だ。

そこに、第一王子クィールがいた。

王子といってももう結構なおっさんだし、ミリカからすれば父親くらいの歳《とし》の差がある。

ついでにいうと王位継承権も懸け離れているので、挨拶《あいさつ》はしても話をしたことはない。

もちろん、呼び出されるなんて初めてのことだ。

「婚約者ですか？」

「そうだ。グリオン家の次男だ」

さすが王太子。

下手な嘘《うそ》は許さないとばかりに、ミリカを見つめる眼光は鋭い。

まだ国を継いでいないのに、国王にも似た威圧感があった。

「はあ……確かにグリオン家の次男は私の婚約者ですが、何か？」

そしてミリカは、努めて間の抜けた様子で対する。

さも「どうして呼ばれたのかわからなーい」という顔で。力の抜けた顔で。我ながらバカみたいに腑《ふ》抜けた顔で。

「どういう男だ？」

「うーん……私の婚約者ですね。魔術師です」

「そんなわかりきったことは聞いていない。どんな男なのかと聞いている」

「どんなって、私にとっては普通の可愛い男の子ですが……あ、魔術師の男の子です」

「……チッ。もういい」

クィールは苛立《いらだ》ちを隠そうともせず舌打ちし、さっさと行ってしまった。

——乗り切った！

ミリカはニヤリと笑う。

さっきまでの間が抜けた顔が嘘のように、邪悪に。

真面目で高潔な王太子は、ミリカの要領を得ない……もっと言うと頭の悪い返答に、耐えられなかったのだ。

クィールはできる人である。

できる人なだけに、己の時間を大切にしている。

自分と会話レベルが合わないと思ったら、即座に終わらせる。そういう性格なのだ。バカな女なんて彼がもっとも嫌う人種である。

きっとクィールはこう思っただろう。

――これだけバカな女ならどうとでもできる、と。

コネや人員を使った実力行使なら本当にどうとでもできるのだが……取るに足らないと判断したがゆえに、今すぐどうにかしようとは思わなかったのだろう。

荒っぽいことをすれば瑕疵《かし》になることがある。それは弱点にもなりかねないから。

だから、焦らず慎重に排除すればいい、とでも思ったのだろう。

ミリカならいつでもどうにでもできるから。

「危ない危ない」

ミリカは小さくつぶやき、クィールとは反対方向へ歩き出す。

これでしばらくは大丈夫だろう。

また、ある日。

「――最近おまえの婚約者とは連絡を取っているかい？」

次兄である第二王子イレアムに呼ばれた。

ここは客間の一室だ。

イレアムが遊ぶ時に使う、専用のようになっている部屋の一つ、とミリカは聞いている。

長兄クィールと正反対で、イレアムはナンパで軽口が多くて女好き。有能ではあるが女癖は悪い。

それだけ取ればクノンに似てる、と思われるかもしれないが。

実際は全然似ていない。

クノンと違って、イレアムは本当に女好きだからだ。

ちなみに、イレアムはムッチムチの女が好きなので、スレンダーなミリカは守備範囲外だ。ここに呼んだのはあくまでも内密に話をしたかったからである。

一応、護身用の武器にも使えるペンは隠し持ってきたが。

出番はない、はずだ。

呼ばれた場所と相手が相手なので、身構えるのは仕方ないだろう。

まあ何もないとは思うが、警戒するに越したことはない。

女好きのイレアムなので、どこかで顔を合わせれば、それなりに話をしたことはある。接点なんてその程度だ。

呼び出しなんて、これが初めてのことである。

「手紙のやり取りはしていますが、頻度は少ないですね。向こうも忙しいようなので……」

「へえ？」

「それに手紙の内容も、ちょっと気になっていて」

「気になる？　何が？」

「どうも女の子にモテているようで……手紙も女のことばかり書いてあるんです。でもまだ婚約者は十二歳の子供なので、さすがに浮気……は、ないと思うんですけど……」

「ふうん？　……まあ大丈夫なんじゃないか？　十二歳ならさすがに何もないだろ」

それから少しばかり会えないクノンのことを相談し、ミリカは客間を後にした。

――乗り切った！

ミリカはニヤリと笑う。

通りがかりの使用人がビクッとするほど邪悪に。

きっとイレアムは思っただろう――クノンは自分と似ている、だったら陣営に引き込むのは簡単だ、と。ミリカを無視して直接クノンに接触する手もありそうだ、と。

婚約は国王陛下の定めたこと。

婚約を解消させるには色々と大変なのだが――一番手っ取り早いのが、当人たちの意向だ。

当人同士が「どうしても結婚したくない」と言い張れば、国王陛下も一応聞いてくれるだろう。

他国ではわからないが、ヒューグリアなら前例もあるし、話が通る可能性は高い。

しかし。

本当は違うのだ。

実際は、クノンはイレアムとは似ていない。

確かにクノンの噂《うわさ》を聞けば、真っ先に「女好き」だの「ナンパ」だのと言われるに違いない。

だが、クノンの女好きは、紳士教育の賜物《たまもの》。

それ以上の意味はないのだ。

これに関してはそうじゃないと困るので、ミリカはそう信じている。信じるだけだ。信じることしかできないから。

……今となっては、「女性（つまり私）には優しくしろ」「女性（要するに私）には常に気を遣いエスコートしろ」と。

あの侍女と一緒になって悪ノリして、クノンに吹き込んだ昔の自分が憎くてたまらないが。

まあ、とにかく。

クノンは本物の女好きじゃない。

イレアムの同類ではないのだ。

「危ない危ない」

ミリカは小さくつぶやき、歩き出した。

あと少しの間でいい。

今は時間が必要なのだ。

ミリカに直接どうこうしなければ、それでいい。


またまたある日。

「――単刀直入に言うわ。婚約者と別れなさい」

姉である第四王女エヴリルには、ストレートにかまされた。

呼び出されて城下町のレストランで会った。

一対一での食事だ。城にいた頃は挨拶さえろくにしなかった姉のくせに。

王侯貴族御用達《ごようたし》の店だけに料理はおいしかったが、正直味わっているほどの余裕はなかった。

会話の一つ一つに気を遣い続けていたから。

そして、ようやく終わりの見えてきたデザートの時間に、かまされた。

婚約者と別れろ、と。

——この女は少々厄介だ。

すでに城を出てカイーグ侯爵家に嫁いでいる身だが……いや、だからこそだろう。主戦場が城の外だからこそ、多少無茶ができる立場なのだ。

野心家のカイーグ当主に、これまた野心家のエヴリル。

野心家同士の夫婦だが、さすがに次期国王の座までは狙っていないだろう——上のポストは狙っているだろうが。

たとえば、今話題の魔術師クノンと懇意にできれば。

次の国王候補……第一王子や第二王子にすり寄り支援しておけば、いざ応援している候補が国王になった暁には、という話だ。

要は次席狙い、または甘い汁をすすれるポジション狙いだ。

「別れる理由がありませんわ」

「何よ、口答えする気？」

「逆に聞きますわ、お姉さま。陛下になんと言えばいいの？　エヴリルお姉さまに命じられたから別れたい、と言うの？　それともカイーグ侯爵の意向と言えばいいの？」

「……」

「わかっていると思いますが、それ相応の理由がないと別れることは不可能ですわ。私の婚約は王命ですもの」

第一王子を始めとした者たちは、それを覆すだけのコネや権力がある。

だから厄介なのだ。

しかし城を出ているエヴリルは、それ以外の方法を駆使する必要がある。

――そもそもを言えば、城を出ている姉の命令に従う理由もない。

ただ、無用な波風を立てる必要はない。

だから誘いにも応じたし、拒絶するような返答もしない。

「第九王女ごときが調子に乗らない方がいいんじゃないの？」

「はい？」

「ここは私が用意した個室で、呼ばなければ誰も来ない」

と――一対一の場だった個室に、二人の男が入ってきた。

体格はいいし、顔に布を巻いて素顔がわからないようにしてある。

きっとエヴリルが、何かしらの合図で呼んだのだろう。

そして、ミリカがどれだけ騒いでもほかの者が来ることはない、と。

「お姉さま」

非難の目を向けるミリカに、エヴリルは不機嫌極まりないという視線を返し立ち上がる。

「安心なさい、手荒な真似《まね》はしないわ。ただそう見えるように服をはぎ取るだけ」

「それ、私の社会的な死を意味するのですが？」

そう。

城にいないからこそ、こういう直接的かつ愚かな手も取れるのだ。

「だって傷つけないと婚約解消にならないでしょう？　可哀想《かわいそう》だとは思うけど、一人でこんなところに来たバカな自分を恨みなさい」

そういって、エヴリルは部屋を出て行った。

こんなところに一人で来た。

それに関しては、確かに姉の言う通りである。

――一人で来なかった場合は、また違う策が動いていたとは思うが。

「動かないでください。服は破きますが、怪我《けが》はさせたくありません」

一人は出入り口をふさぎ、もう一人の男がにじり寄ってくる。

すべて打ち合わせ済みの流れ、ということだ。

「ねえ」

ミリカは立ち上がる。

「お姉さまに伝えておいてね――これは貸しにしておく、って」

そして、動いた。

「うわっ」

投げたフォークから顔をかばった時には、すでにミリカはにじり寄る男の懐に入っていた。

「いっ――――！」

太腿《ふともも》にナイフを突き立て、横っ面に肘《ひじ》を叩《たた》きつける。

「え……⁉」

ドアを塞《ふさ》いでいる男が動揺する。

彼は、いかにもお姫様という美少女が、華麗に暴力に訴えた姿に戸惑うばかりだ。

――これでもミリカは騎士科に通っているし、冒険者として実戦も経験しているのだ。

肘の一発がモロに入ったせいで、にじり寄る男は倒れて動かない。意識を失ったようだ。

「もういいでしょう？　大事になる前に引きなさい」

事を荒立てない。

彼らの素性も調べない。

カイーグ侯爵夫人の罪も問わない。

暗にそう言っているミリカの言葉は、きっとカイーグ家の家臣であろう、ドアの前の彼に通じたようだ。

「……申し訳ありません」

理解したようだ。

もう策は失敗している、と。

「お姉さまによろしく伝えておいてね」

それだけ言い残して、ミリカは堂々と部屋を出た。

まあ、予想できたことだった。

ただ――もっと人が多くて、用意した男たちが荒事に慣れていて、油断もしていなければ、どうなっていたか。

無事に切り抜けられて、少々ほっとしている。

「――おう、終わったか」

店を出て、待たせていた馬車に乗り込むと。

そこには第六王子ライルの姿があった。

すぐに動かせて、まあまあ腕っぷしも確かで。

かつ政治にもそれなりに通じていて、更には王族の嗜《たしな》みや暗黙のルールを多少は知っている。

それらの条件に合ったのはこの兄だけだったので、護衛として同行してもらった。

姉と同じだ。

ミリカが合図したら、この頼もしい兄が乱入してくるよう手筈《てはず》を整えていたのだ。

明らかに罠がある場に、なんの策もなく飛び込むわけがない。

「何もなかったか?」

「まあ……大丈夫です」

言葉は濁したが、ライルには伝わったようだ。

「フン。徹底的にやっちまえばいいのに」

「ダメですよ」

何年先になるかはわからないが、ミリカ……いや、クノンと併せて夫妻として、社交界とも関わることになるのだ。

やられたらやり返す。

それでは敵を増やすばかりだ。

——ここでの貸しが、後々大きくなって返ってくる。

いや、そうじゃなくてもいい。

これからしばらくミリカに関わらないだけでもありがたい。

下手に大騒ぎして、上の兄姉《きょうだい》たちに難癖を付けられるのも困る。彼らはどうとでも理由を付けて婚約解消に繋《つな》げてくるだろうから。

今は、何もないのが一番いいのだ。

「そろそろまずいんじゃないか？」

「そうですね……」

主だった連中のファーストコンタクトは、なんとか乗り切ったと思う。

だが、次に呼ばれた時も乗り切れるかどうか。

「そろそろ潮時でしょうね」

一応、準備は終わっている。

あとは——ミリカの覚悟次第。

「——ここのところ、本当に色々あったわねぇ」

思い出したくもないのに、長々と思い出してしまった。

長兄から始まり、次男に続き。

嫁に行った第四王女まで絡んできて。

それにほぼ面識のない貴族たちにも何度も絡まれた。

まあ長兄次兄辺りが一番きつかったので、ほかは有象無象もいいところだが。それこそ記憶に残らないくらいに。

本当にクノンはモテモテだ。

ディラシックでも女にモテて、故郷ヒューグリアでも人気が増している。

もう、ミリカは付いていくのに必死である。

「ロージャ殿下が不在だったのは幸運でしたね」

「……そうね」

第四王子ロージャは、魔術師に目覚めた兄だ。

長兄次兄に姉らの策略により、現在ちょっとした遠征に出ている。

要は嫌がらせである。

一番玉座に近くなりそうな王子だったから、力を合わせて遠ざけたのだ。

彼を遠ざけている間に、上の兄姉たちは、次期国王となるための決定的な布石を打ちたいのだろう。

そしてその白羽の矢が向けられているのが、クノンとミリカの関係であるのだが。

――まあ、いない人のことはどうでもいい。

「ミリカ様、そろそろ約束のお時間です」

「いよいよね」

と、ミリカは立ち上がる。

ここ最近の苦労は偲《しの》ばれるが。

きっと。

ここからが一番の勝負所だ。

——クノン君、勇気をちょうだい。

ミリカはそう願い、部屋を出た。


「失礼します」

許可を得てドアを開けると。

「おう」

ガウン姿の初老の男が、テーブルに着いて酒を呑《の》んでいた。

薄暗い照明の中にいるその姿は……まあ、見た目は普通のおっさんである。少々運動不足そうではあるが。

「こちらに来なさい」

「はい」

くつろぎ切っているおっさんに対し、ミリカはガチガチに緊張していて——それを表に出さないよう平静を装う。

——ヒューグリア王国国王、グオリオス・ヒューグリア。

彼こそ、当代のヒューグリア国王である。

ミリカが国王陛下の私室に来たのは、三回目だ。

一回目は、産まれて間もない頃。

二回目は、貴族学校の入学祝に。

そして、これが三回目。

この年で改めて見ると、思ったより何もない部屋、という感じだ。

あまり物がごちゃごちゃしているのが好きじゃないのだろう。

「しばらく見ない間に綺麗になったな、ミリカ。おまえの母親そっくりだ」

「恐縮です」

親子であっても、相手は国王。

そう簡単には会えないし、ミリカもよほどの理由がない限り会いたいとは思わなかった。

もっと言うと、私室に招かれるとも思っていなかった。

「この度はお時間をいただきありがとうございます」

国王の都合の良い時間でいい。

そういう前提で約束を取り付けようとしたのだが。

まさかの私室に招かれるという、恐ろしい状況となってしまった。

――ここで決着がつかない場合、後々非常に面倒臭いことになるだろう。

長兄や次兄が、国王陛下に会った理由を、そして何を話したかを必ず探ってくるだろう。城には彼らに情報を流す使用人も多いから。この辺が、彼らに情報戦で勝てない理由である。

一回目は乗り切ったが、今度こそは少々強引にでも口を割らされるだろう。

次はかわせるだろうか――あまり自信はない。

「呑むか？」

「申し訳ありません。まだ年齢が」

「ああ、そうか。ミリカはまだ十四歳だったな」

ヒューグリアの法で、飲酒は十五歳からと決まっている。

「――しばらく会えなくなる前に、ぜひ娘と酒を呑みたかったんだがな」

「……っ⁉」

まだ謁見の用向きは伝えていない。

しかし国王は、ミリカの嘆願を的確に当ててきた。

驚くミリカを見て、国王は満足そうに笑った。

「余も国王だ、昨今のおまえの状況を知らんわけがなかろう。城を出る準備をしているのも知っておるぞ」

遠い地でクノンが重ねている、数々の功績。

そのせいで婚約者の座を奪われようとしているミリカ。

そして、この謁見の約束。

俯瞰《ふかん》して見ている国王からすれば、わかりやすい流れだったのかもしれない。

当事者であるミリカからすれば、ここ最近は綱渡りの連続だったのだが。

「それでは、許可をいただけますか……？」

「一手欲しい」

「……はい？」

「今おまえを城から出すとしよう。するとどうなる？　――庇護《ひご》もなく、余の目も届かなくなるということ。それはおまえが消される可能性が高くなる、ということだ。

ヒューグリアの王位継承問題は、殺しに関してはかなり厳しく取り締まる。だから愚かな真似をする者は出てこない。過去の惨劇も色々あるしな」

――その辺の事情は、王族なら、かなり厳しく教えられる。

代々ヒューグリアは、実力のある王の子が王位を継ぐ。

要は王の子で継承レースをすることになり、勝ち抜いた者が玉座を得るのだ。王太子だって入れ替わることはままある。

だからこそ、蹴落《けお》とすのはいいが、人死にを出すのは許されていない。

その辺りの法がまだ緩かった過去。

継承レースが激化した結果、王族が滅びかけるという泥沼の継承問題になったりもした。だから現代ではかなり厳しくなった。

「だが、城を出たら話は別だ。どうとでもなるぞ」

その通りだとミリカも思う。

さすがに殺しまではしないだろう……という希望はあるが。

この希望は、決して信じてはならない。

歴史がそう教えてくれた。

「だから、一手だ。おまえの身を守り、また身を立てるための一手。それがあれば許可しよう。余は無駄死にするおまえを見過ごせん」

それに、と国王は続ける。

「──おまえクノン・グリオンと仲がいいだろう？」

「え？」

突然何の話だ。

「もしおまえが亡くなったと聞いたら、クノンはどうすると思う？　ヒューグリアを捨てる、もう国に帰る理由なんてない。万が一にもそう言われたら敵《かな》わんぞ」

もし自分が亡くなったと聞いたら、クノンはどうするか？

ミリカにはわからない。

わからないが……わからないからこそ避けたい、と考える国王の理屈はわかった。

──もっと言うと。

国王はすでにクノンを認め、国に戻ってくるのを心待ちにしているわけだ。

本当にクノンは人気者である。

「ならば陛下がもう少し私を守ってくれてもいいのではないですか？」

ミリカはかましてやった。

皮肉を。

ここ最近の鬱憤《うつぷん》をたっぷり込めて。

そこまでミリカの事情がわかっているなら。

少しくらい援護してくれてもいいんじゃないか、便宜を図ってくれてもいいんじゃないか。

国王の命令で成立している婚約である。

なのに邪魔しようとしている輩《やから》がたくさんいるのである。

それなのに静観するとは何事だ――と。

「はっはっはっ」

とんでもなく不満げな娘を見て、国王は笑った。

「守ってやりたいとは思う。だが娘一人だけを特別扱いしたら、それこそ大問題になるぞ」

まあ、なるだろう。

国王のお気に入り、などと肩書きを持つ者なんて、一番最初に継承レースから消される存在である。

「これもヒューグリアの王族のやり方だ。すまんが何もできん。だが――」

言葉を切り、国王は酒を一口なめる。

「筋さえ通せば、おまえがやりたいことを応援することはできる。だから今こうして言葉を交わしておる。

これで許せ。これが娘一人だけを特別扱いできない余の限界だ」

許せと言われたらそこまでだ。

ミリカはもう何も言えない。

そしてミリカの要望を呑めない理由も聞いた。

このまま野に出たら、ミリカの身が危ないからだ。

そしてミリカに危険があった場合、国王の欲しい人材《クノン》が手に入らない可能性がある。

だから許可できない。

たとえ本人の意向でも。

——ゆえに、ミリカを守る一手が欲しい、その根拠を示せ、と。

国王はそう言っている。

「……これはどうでしょう？」

ミリカには手札が少ない。

少ないだけに、消去法となるが。

ミリカは一枚の紙を出して、国王に差し出した。

「ふむ……おお、なるほど。悪くないじゃないか」

「本当ですか？」

「うむ。アグリア家が後ろ盾となるなら、おまえに手を出すのは簡単じゃないぞ」

——ミリカが渡した紙は、アグリア公爵夫人との証文である。

簡単に言えば、以前会った元第三王女ミレッサと交わした書面である。

「我が国に帰ってきたクノン・グリオンには、爵位と領地を与えることになっておる。未開の地で新たな集落を興させるつもりだ。もう場所も決まっている。

この証文があれば、アグリア家の支援が受けられるだろう。まあ頼りすぎると後が怖いがな。こりゃ言わば恩の前借りだ。

だが幸先はいいぞ。これがあれば、少なくとも権力者からは狙われんだろう。アグリア家の不興を買ったら、たとえクィールでも王太子の座から引きずり降ろされる」

だろうな、とミリカも思う。

公爵は、王族を除けば貴族階級の最上位。権力も財力もかなりのものだ。

その夫人との約束となれば、誰も邪魔したいとは思わないだろう。

ただ……内容が内容なので、あまり大っぴらにはしたくない。

――あれはミリカがクノンと結婚したら効力を発揮する。

それはつまり、ミリカだけ挿《す》げ替《か》えて同じ証文を作成することもできる、というわけだ。アグリア家にその気があれば。

兄姉《きょうだい》たちには「アグリア家の後ろ盾がある」という事実だけ見せて、証文の内容は知らせないのが得策だろう。

「もうアグリア家とは話がついておるのだな？」

「はい。陛下の許しが出たら城を出る、と事前に伝えてあります。その際できる限りの手伝いはしていただけるそうです」

「――相わかった」

国王は大きく頷《うなず》いた。

「ミリカ・ヒューグリアよ、婚約者の開拓作業の手伝いを命じる。いつでも好きな時に発《た》つがいい」

「はっ、ありがとうございます」

ようやく、聞きたい言葉が貰《もら》えた。

これでミリカはいつでも、この敵ばかりの城から脱出することができる。

安堵《あんど》し、力が抜けそうになるが——もう少しだけ。

ここで気を抜いてはいけないと、己を奮い立たせる。

「つきましては陛下、一つお願いがあります」

「申してみよ。餞別《せんべつ》だ、多少の無茶は聞いてやる。支度金でも人材でもいいぞ」

その言葉を聞きたかった。

「もし私の手伝いをしたいという人がいたら、連れて行っていいですか？」

「許す。ただし城から連れて行っていいのは五名までだ」

「それは侍女も含まれますか？」

「含む。……と言いたいが、餞別だからな。侍女は数えないでおこう」

「ありがとうございます」

——この約束を国王が後悔するのは、割とすぐのことである。


ここ一番の勝負所に勝利したミリカは。

その夜の内に、王城から姿を消した。

国王との密談から間を置かず、行動を開始したのだ。

そのための準備は済んでいるので、無駄にならなくてよかったと思うばかり。

まず侍女ローラを連れて、王都にあるアグリア家の別邸に身を寄せ。

そこで方々に連絡を取る。

そしてミリカが兄姉たちに見つかるより早く、最後の準備が完了した。

ほんの三日ほどで準備を終えて、少数のみで王都を出立。兄姉たちはその速さに一切ついていけなかった。

あまりの速さに、日頃の素行の悪さも相まって「不良姫、王都追放」などと不名誉極まりない噂が立ったほどである。

ミリカが城から連れて行ったのは、約束通り、侍女を抜かして五人。

剣術の師である騎士ダリオ・サンズ。

幼少の頃に家庭教師として世話になり、今後は上級貴族学校で学ぶべきことを教えてくれる文官ワーナー・ファウンズ。

ダリオの同僚である女性騎士ラヴィエルト・フース。

姉であり王宮魔術師でもある第二王女レーシャ。

そして、あと一人は――


「――はっはっはっ！　やりおったなミリカ！」

ミリカが王都から去った、その日の夜。

執務室にてその報告を聞き、国王グオリオスは大笑いした。

確かに言葉通り、約束通りだ。

ミリカは何も、何一つ、約束を違《たが》えていない。

「陛下、これはさすがに……」

報告を持ってきた文官が眉《まゆ》をひそめている、が。

「よい。余が許した」

確かにグオリオスは答えたのだ。

同行を望む人材を連れて行っていいかと問われ、いいと答えたのだ。

その結果が――

「しかしまさか、王宮魔術師総監ロンディモンドを連れていくとはな！　よくあやつが頷いたものだ！」

そう、ミリカが連れて行った最後の一人は。

王宮魔術師のトップに立つ、ロンディモンドである。

いや、連れて行ったというと、少し誤解があるのだが。

ちなみにレーシャも王宮魔術師なので、外部に出すのはまずいのだが……まあそれどころではないというか、責任者が一緒だから逆に問題ないというか。

「……では、本当によろしいので？」

「うむ。二言はない」

グオリオスがそう言うなら、文官としてはもう何も言えない。

「それではあの方が担当していた書類仕事は、陛下が行うということでよろしいですね？」

「……え？」

「魔術師にしかわからない書類は別の者にやらせますが、魔術師の報告や要望、彼らが起こした問題に関しての書類は、こちらへ回すように手配しますので」

ただでさえ毎日うんざりするほど書類仕事をこなしているのに。

更に増えるというのか。

「……量はどのくらいだ？」

「毎日処理しておられる陛下の書類の半分もありません」

——半分でも多いじゃないか。

これからは仕事が五割増しになるという話じゃないか。

そこまで考えて、真意が読めた。

「ロンドめ。あいつ逃げたな」


少し誤解がある。

ミリカは最初、王宮魔術師ゼオンリー・フィンロールに同行を打診したのだ。

知らない仲でもないので頼みやすかった。

口も態度も悪いが、腕は間違いなく一級品だ。しかも土属性。開拓には打ってつけだ。

ゼオンリーも、弟子の婚約者の頼みとあって、ミリカの要請を承諾した。

ただし——

「いい天気だ。格好の旅行日和じゃないか」

青空の下、大きく伸びをする初老の男。

王宮魔術師総監という大層な肩書を持つ男、ロンディモンド・アクタード。

——この男は、ゼオンリーの椅子を奪ったのだ。

ゼオンリーから旅立ちの報告を受け、詳細を聞いた時。

ロンディモンドは気づいたのだ。

――「あれ？　これ私が行っても大丈夫そうじゃない？」と。

国王が「誰でも連れて行っていい」と言ったなら自分でもいいんじゃないか、と。

だから容赦なく奪い取ってやった。

普段は問題児たちの後始末ばかりしているのだ、たまには問題児から楽しみを横取りしてやってもいいだろう。

ゼオンリーの悔しそうな顔が見れたのも、実に面白かった。

たまには問題児をやりこめるのもトップの仕事だな、と思うばかりだ。

「旅行なんて久しぶりだよ。新婚旅行以来じゃないかな。……二十年くらい前か？　はっはっはっ！　この解放感は堪《たま》らないね！　ねえミリカ殿下⁉　そう思わないかね⁉」

「は、はあ……」

――本当に嬉《うれ》しそうで、浮かれていて。

立場上、彼が王都から出ることは許されていない。いや、王城の敷地内から出るのもまずいのだ。

それを知っているのに、どうしてもミリカは言えなかった。

チェンジお願いします、と。

言えなかったのだ。どうしても。

こんな大物がいたらやりづらくて仕方ない。開拓という労働作業もあるのに、頼みづらいことこの上ない。

「ではレーシャ君、そろそろ行こうか」

「あ、はい。……本当に城を空けて大丈夫ですか？」

「大丈夫じゃないね」

「……」

堂々となんてセリフだ。

「でも私もね、人間だからね。よくないとわかっていても自分の欲望を優先したい時もあるんだよね。わかるよね？」

「……そうですね」

瞳《ひとみ》がキラキラしている。

こんなにもわくわくしている初老に「ダメだろ帰れ」とは、誰も言えなかった。

まあ、なんだ。

国王との約束の上で言うなら、これでも問題はないはずなのだ。……はず、なのだ。

――こうして、一行は未開の地へ旅立った。

誰もが「本当にいいのか」という疑惑を抱えたまま。

行きは風の魔術師レーシャの「飛行」で、非常に快適だった。

◆

あれから約半年。

「――ミリカ様、お荷物が届きました」

呼ばれたミリカは振り返る。

「誰から？」

「グリオン家からです。恐らくクノン様からの手紙が転送されてきたのかと。それと小包も一緒に送られてきています」

クノンから。

ならばすぐに行かねば。

「イコ、交代」

と、報告を持ってきた新たな使用人に包丁を差し出す。

「え～？　今休憩中なのにぃ～……ちょっと食べていいですか？」

「端っこをちょっとだけなら」

持っていた肉切り包丁を手渡し、小屋から出る。

新鮮な空気を吸い込む。

しばらく魔物の解体作業をしていたので、少しばかり血の臭いが鼻の奥に残っている気がする。

夏である。

日差しは強いが、日陰に入ればさほど気にならない。

――開拓地だけに、人が少ない。

まだまだ労働の手が足りない環境だけに、王女といえど働かねばならない。

否。

開拓責任者となるクノンの未来の妻として、率先して動かないと他に示しがつかない。

開拓。

何もないところから始まって、この半年は色々と大変だったが……。

「――見たことない虫いた！」

「――この植物知ってる奴《やつ》いる⁉」

「――誰か狩り行こうよ狩り！」

………。

まあ、今も大変である。

一緒に来たロンディモンドは、すぐに王都に呼び戻された。

そして、その代わりとばかりに王宮魔術師がやってくるようになった。ちょっとした旅行感覚で。

彼らは大自然の中、のびのびと、思うがままに過ごしている。

時々開拓も手伝ってくれるので文句はない。

人の脅威となる魔物も何の問題もなく狩るし、食料も取ってくるので糧となっている。

傍目《はため》には遊んでいるようにしか見えないが。

――つくづく魔術師ってずるいな、と思わなくもない。

まあ、魔術師とそれ以外の人との差なんて大昔からのことだ。今更言っても仕方ない。

最初は、ミリカを含めた七名から始まった開拓作業。

すぐにアグリア家からの物資が届き、控えめに募っていた移住希望者がぽつぽつとやってきて。

今や定住者三十名ほどの小さな集落となった。

手を洗い、ミリカは屋敷に戻る。

こんな開拓地にはそぐわない立派な屋敷だが、一応は領主邸となる。空き部屋ばかりだが。

まだ住人も少ないし、入れる物も少ない。

この屋敷は、ロンディモンドが張り切って、たった一人で一週間くらいで建設したのだ。

ただの偉そうな肩書きのおっさんかと思えば、やはりその肩書きは伊達《だて》ではなかった。魔術師としての実力は確かだったのだ。

傍目には遊んでいるようにしか見えなかったのに。

本当に魔術師はずるいとミリカは思った。


「あ、ミリカ様。お荷物が届いていますよ」

入るなり、侍女ローラと会った。

玄関に荷物が届いており、彼女はそのチェックをしていたようだ。

「グリオン家からの手紙は？」

「こちらに」

ローラが預かっていた、小さな包みを受け取る。

——グリオン家からの手紙は、この地では最優先である。

この地の領主はクノンなのだから、彼の意向には柔軟に対応せねばならない。

まあ、まだミリカが城を出たことも、開拓を始めていることも、彼は知らないはずだが。

クノンは留学中なのだ。

それも、留学してようやく一年になる、くらいの時間しか経《た》っていない。

勉強の邪魔はしたくないから、まだ知らせなくていいとミリカは思っている。

……王宮魔術師の気まぐれで、開拓の速度が速すぎるのが少々問題かもしれない、とは思うが。

この分だと、クノンがここに来るまでに、それなりの街が出来上がっているのではなかろうか。

――まあ、今はいいだろう。

ミリカは受け取った小包をほどく。

中には手紙が一通と……。

「……これ、って……」

銀色の小箱だ。

一見するとシガーケースのようだが、きっと違うだろう。

「まあ」

横から見ていたローラが息を飲む。

表面に彫られた花の細工の見事なこと。

緻密《ちみつ》で繊細なそれは、美術品に見慣れた貴族だって目を奪われるほどだ。

しかも、この花のモチーフは――

「……あっ」

気付いた瞬間、ミリカの目の奥が熱くなった。

このデザインの花は、銀仙花だ。

銀仙花は魔銀を象徴する花である。

クノンとミリカにとっての魔銀は——お揃《そろ》いの魔銀製のブレスレットだ。
彼がヒューグリアを発《た》つ時に、ミリカが渡した物である。
これはクノンからのメッセージだ。
——ミリカのことは忘れていない、大切に想《おも》っている、と。
きっとそういう意味の贈り物だ。
「……ごめんローラ、ちょっと一人になるから」
「はい」
ここは開拓地。
するべきことは山ほどある。
だが、今は。
今だけは、一人でこの気持ちを噛《か》みしめたい。
クノンと別れて一年と少し。
今度会えるのはいつになるのだろう。

あとがき

ごきげんよう、南野海風《みなみのうみかぜ》です。

「魔術師クノンは見えている」、強気で攻めたい四巻目の発売となりました。

四巻ですよ四巻。これはなんというか、三巻と五巻の間にぴったりフィットしそうな巻数なんじゃないかと思いますが、どう思います？


このあとがきを書いているのが、二〇二三年三月の末になります。

この頃は、ＷＢＣで日本中が沸いたり、薩摩《さつま》ホグワーツというパワーワードが話題になったり、サ○シの旅に区切りがついたりと、いろんなことがありました。

ＷＢＣだけちょっと観たけど、ほかは未履修です……最近は流行がどんどん私を追い抜いていく。時の流れが怖い。速すぎて追えない。

気になることはたくさんあるけど、全然付いていけてないんだよなぁ。ちょっと頑張って色々幅広く楽しみたいところです。


イラスト担当のＬａｒｕｈａ先生、今回も素晴らしいイラストをありがとうございました。

先生のおかげで読者が本を手に取り、レジに向かうのです。これは現代の魔術といっても過言ではないのかもしれません。

月刊コミックアライブにて連載しているコミカライズ担当のLａ－ｎａ先生、いつも楽しい漫画をありがとうございます。

この本が発売される月にコミックス二巻も出ます！　チェックしてみてね！

担当編集Oさん、今回もお世話になりました。

なんていうか……日本語って本当に難しいな、と思うばかりです。修正いっぱい入っちゃいましたね。すみません、ありがとうございました。並びに本書に関わるすべての方へ、感謝いたします。

最後に、読者様。

WEB版から追ってくれている方も、書店で出会ってくれた方も、本当にありがとうございます。

皆さんのおかげで四巻です。これはすごいことです。何しろ四巻ですからね。

ぜひ三巻の隣にお迎えしてあげてくださいね。


それでは、またお会いしましょう。

カドカワBOOKS

魔《ま》術《じゅつ》師《し》クノンは見《み》えている　4

2023年５月10日　初版発行

著者／南《みなみ》野《の》海《うみ》風《かぜ》

発行者／山下直久

発行／株式会社KADOKAWA

〒102-8177
東京都千代田区富士見2-13-3
電話／0570-002-301（ナビダイヤル）

編集／カドカワBOOKS編集部

印刷所／暁印刷

製本所／本間製本

ISBN 978-4-04-074966-2 C0093